날마다 떠나는 여행

날마다 떠나는 여행
이지수 지음

초판 인쇄 ┃ 2014년 12월 09일
초판 발행 ┃ 2014년 12월 15일

지은이 ┃ 이지수
펴낸이 ┃ 신현운
펴낸곳 ┃ 연인M&B
기 획 ┃ 여인화
디자인 ┃ 이희정 인명교
마케팅 ┃ 박한동
등 록 ┃ 2000년 3월 7일 제2-3037호
주 소 ┃ 143-874 서울특별시 광진구 자양로 56(자양동 680-25) 2층
전 화 ┃ (02)455-3987 팩스 ┃ (02)3437-5975
홈주소 ┃ www.yeoninmb.co.kr
이메일 ┃ yeonin7@hanmail.net

값 13,000원

ⓒ 이지수 2014 Printed in Korea

ISBN 978-89-6253-158-9 03810

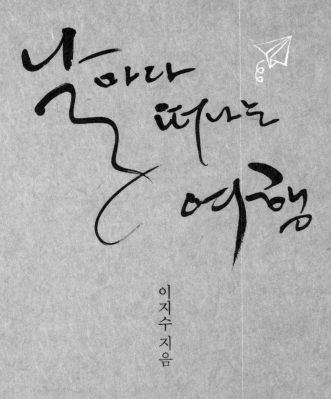

날마다 떠나는 여행

이지수 지음

여행에서 만난 이가 쉼 없이 들려주는 이야기를
정성스럽게 들어주다 보면
새로운 곳을 발견하고 어느새 세상의 시름을 다 잊고
여행의 풍경 속으로 빠져 버립니다.

연인M&B

하루를 스스로 요리하여 정찬을 차립니다. 맵고 짜고 싱거움의 요리에 간을 맞추듯 긍정의 마음으로 오늘을 요리하다 보면 작은 기적이 일어납니다.

오래전부터 무엇이든 혼자 생각하고 혼자 놀기를 좋아했습니다. 사람이 두렵고 부담스럽고 불신의 마음까지 있던 무거움을 글쓰기로 풀며 자신을 돌아보니 누구든 사랑의 마음으로 바라볼 수 있는 여유가 생깁니다.

그 이유로 항상 문을 열어놓고 삽니다.

그동안 보았던 책을 내어놓고 북 카페를 하면서 낯선 사람을 만나는 일이 자연스럽게 되었습니다. 대부분의 평범한 사람들에게서 비범한 삶의 스토리 하나 건져 올리는 날은 저절로 입가에 미소가 번집니다.

써놓은 일기를 간추려 책으로 엮는 것은 글로써 허세 부림도 아니요, 글로써 칭찬받을 마음도 아닙니다. 그저 사람의 아름다운 모습을 오래 기억하고 싶을 뿐입니다.

남은 날, 사람을 귀히 여기며 살고 싶습니다. 비록 한번 보고 말 사람일지라도 내가 아는 모든 사람이 다 행복하기를 기도하며 살 것입니다.

2014. 12월에

카페 '풍경' 에서

이지수

2. 꽃보다 더 아름다운

3. 한 해의 마무리

1

봄비 유죄

겨울밤 나들이

12월은 마음이 바쁩니다. 거듭 단체손님을 치르고 나니 몸도 피곤하고, 나의 한 해가 또 이렇게 가고 있구나 생각하고 있는데 H씨의 전화입니다. 좋은 공연 티켓이 있는데 같이 가자고 합니다.

그녀가 추천해 주는 책이나 공연, 그림전시회는 다 좋기도 하지만, 한참 어린 사람이 나를 동무 삼아 주는 것이 고맙기도 하여 무조건 동행합니다. 계속 들어오는 손님을 보며 저녁에 나갈 수 있을까 했지만, 모두 맡기고 집을 나서리라 맘을 정하니 홀가분합니다.

1년에 한 달을 휴가로 보내고 틈틈이 가게를 내려놓고 밖으로 나가 살면서도, 뭔가 성에 차지 않아 밖을 향한 바람병은 재울 수가 없습니다.

보아줄 사람이 없을지라도 키가 작아 땅에 끌릴 만큼 긴 머플러도 두르고 모자도 골라 쓰고 집을 나섭니다. 내가 나를 귀하게 여겨 대접하고 보듬습니다.

오랜만에 젊음의 행렬에 끼어 광화문 밤거리를 걷습니다. 대통령 후보의 선거 유세도 기웃거리고, 공연장 로비에서 눈에 익은 방송인이나 가수들을 바라보며 공연히 흥분이 되어 누구에게라도 말을 걸고 싶습니다. 갑자기 신분 상승이라도 된 양 가슴을 폅니다.

시간을 넉넉하게 앞두고 나와 나보다 열 살이나 적은 H씨와 저녁도 먹고 차도 마십니다. 대화는 대개가 최근에 본 책에 대한 것이어서 도서 선정의 정보도 주고받고 문화의 코드가 맞으니 내겐 더없이 좋은 친구입니다.

지난 늦가을에도 둘이서 '용재 오닐'의 음악회에 가서 가슴에 손을 모아 쥐고 음악 감상하고, 밤늦은 시간이었지만 맥주 한잔하며 즐거운 시간을 보내고 돌아오는데 무척 행복했던 기억이 떠오릅니다. 음악을 전공한 그녀는 좋은 공연이 있으면 내 생각이 나서 부르고 싶다 하니 고마운 일입니다.

오늘은 프랑스 국민가수로 절대적인 추앙과 사랑을 받고

있다는 샹송 가수인 패트리샤 카스가 에디트 피아프의 노래를 한다는데 어떤 분위기의 공연일까. 기대에 부풀어 자리를 찾아 앉습니다. 거리 한복판에서 태어나 부모로부터 버림받고 길거리에서 노래를 부르다 세계적 스타가 되었다는 에디트의 날카로운 하이 톤의 소리를 어떤 분위기로 노래할까 했는데, 중저음으로 부르는 카스의 목소리가 감동적입니다. 오케스트라가 아닌 녹음된 반주에 바이올린, 키보드, 기타, 아코디언만으로 부르는 노래지만 제목의 이미지와 맞는 의상, 화면 배경과 안무가 종합예술 공연이어서 공연 내내 눈과 귀를 만족시켜 줍니다.

모든 무대복과 구두를 무대에서 갈아 신고 입으며 공연을 했는데, 그 작품들이 세계적인 프랑스의 문화 상품이라는 것을 나중에야 알았습니다. 처음으로 접한 이 특별한 공연이 한 해의 우울함과 피곤함까지 몽땅 해결해 줍니다.

공연이 끝나고 밖으로 나오니 찬바람이 붑니다. 나이가 들면 외출도 귀찮아지고 재미있는 일이 없다고 합니다. 내 입에서도 그런 말이 나올까 겁이 납니다. 몸을 움직여 사는 날까지 작은 변화에도 가슴이 뛰는 삶을 살고 싶습니다. 일을 놓지 않고 사는 까닭에 잠깐의 휴식 시간이, 그 자유스러움이, 더욱 소중하고 즐거운 것입니다.

어느 추운 겨울밤, 패트리샤 카스의 공연을 기억하기 위해 감상할 CD를 사들고 둘이서 팔짱을 낍니다. 가고 싶고 보고 싶은 사람을 만나기 위해, 내 몸을 움직여 외출할 수 있다는 이 행복함이 영원하기를 소망하며 밤길을 걷습니다.

내게 주는 휴가

자영업은 부담감도 있으나 내 휴가를 마음대로 쓸 수 있어 좋습니다. 매년 미국의 막내 집에 가는 것이 편안한 휴가이며 즐거움입니다.

오랫동안 일을 도와주는 분에게 가게를 맡기고 가는 것도 미안한데, 공항까지 태워다 주고 포옹해 주며 다 내려놓고 편안하게 쉬다 오라고 합니다. 배려하는 마음이 눈물겹게 고맙습니다.

이렇게 흐뭇한 마음으로 시작한 40여 일간의 휴가는 내 인생의 한 페이지를 아름답게 장식해 주리라 기대합니다. 휴가라는 편안함과 여행의 들뜸은 준비하는 순간부터 시작됩니다.

공항에서의 기다림과 차 한 잔의 여유까지, 분주한 삶의 일상에서 벗어나 내게 주는 휴가를 계획한 날부터 휴가인 셈입니다. 장시간 비행이 힘들다고 하지만 아직은 눈이 건강하니 책 읽기에 안성맞춤이고 끼니마다 친절하게 식사를 챙겨 주는 이가 있으니 마음이 여유롭습니다.

베르나르 베르베르의 『신』을 펴듭니다.

나는 인간들 속으로 돌아간다면, 최대한 삶을 즐기겠어. 맘에 드는 사이라면 누구와도 섹스를 하고 마음껏 먹고 매일 축제를 벌이듯이 살 거야. 다양한 감각을 최대한으로 느껴 볼 것이고 지구에 살 때 수치심이나 신중함 때문에 스스로 삼갔던 일들을 모두 경험해 보고 싶어.

여행은 무슨 일이라도 다 허용될 듯이 자유로운 마음 때문에 기분이 업 됩니다. 장시간 꼼짝 않고 책 읽기에 빠질 수 있는 체질을 감사하며, 1년 만에 가족과 만날 시간을 줄여 갑니다.

공항에서 오랜만에 만난 가족들은 반가움에 목소리가 올라가고 서로 껴안고 발을 구르며 기쁨을 감추지 못합니다. 집에 들어가 짐을 풀기 전에 목사인 사위가 건강과 좋은 시간을 갖게 해 달라고 기도합니다. 참으로 평화롭고 행복한 만남의 자리입니다.

화상 채팅으로만 바라보던 손녀들을 보듬어 안고 잠 속으로 빠집니다. 새벽녘 이름 모를 새들이 맑은 소리로 인사합니다. 숲이 우거진 이곳은 공기만으로도 최고의 호사를 누릴 수 있습니다.

해 뜨기 직전 집 앞 호숫가로 나가 모터 배를 운전하는 사위와 깔깔대는 손녀들의 모습이 영화 「흐르는 강물처럼」의 한 장면과 너무도 흡사합니다. 지상의 천국이란, 남남으로 만나 한 가정을 이루어 행복하게 사는 가족의 모습일 것입니다.

5월의 싱그러움 속에 바쁜 시간을 내어 함께해 주는 아이들과, 천진한 아이의 마음이 되어 가는 곳마다 새로운 풍경을 대합니다. 나의 휴가에 맞춰 휴가를 낸 딸과 사위의 마음이 고맙기만 합니다. 짧은 순간도 놓치지 않고 마음속에 꼬옥 담아 가며 꿈같은 시간을 보냅니다.

"엄마는 떡을 썰어 나는 글을 쓸게."

좋은 시간을 보내고 돌아오는 날, 공항에서 딸이 던진 말 한마디는 다시 헤어져서 각자 열심히 살자는 의미입니다. 휴가는 고단한 삶의 피로회복제이니 피곤하고 바쁜 날을 투정부리지 않으리라 다짐하며 돌아옵니다.

그 잘난 자유 때문에

자식이 자식을 낳고 낳으며 세월은 갑니다. 이제는 자유를 누리리라 다짐하지만, 나이에 비례하여 할 일은 더 많아집니다.

여자에게 자유란, 한 민족의 해방만큼이나 어렵다는 말에 공감합니다. 여자가 결혼을 하면 하루 한 끼니도 거를 수 없는 식사 당번의 굴레에서 벗어나기가 여간 힘든 일이 아닙니다. 가족의 생명이 달린 문제니 자유를 부르짖기 이전에 호흡하는 일만큼이나 중요한 일이며 벗어날 수 없는 노동입니다.

여자로 태어났기에 설령 그 일이 힘들어 감당하지 못해 남의 손을 빌린다거나 다른 방법으로 해결하고 산다면, 마음에 부담이라도 느껴야 마땅할 듯싶습니다. 인스턴트식품이

나 외식만으로도 얼마든지 식사 해결은 할 수 있습니다. 누구도 알아주지 않는 끝이 없는 수고일지라도 가족의 일이니 불평할 수는 없습니다.

그뿐인가요. 살림살이의 일거리는 끝도 없이 많아 자유 시간을 내기란 여전히 힘이 듭니다.

자식이 자식을 낳는 일이 신기하고 반가운 일이었으나 옆에서 도와주지 못했다가 늦게 결혼한 딸아이의 두 번째 산바라지를 맡게 되었습니다. 그것은 딸이 집안 살림에 매이지 않고 자유롭게 살기를 원하여 내가 자청한 일이었습니다. 좀 힘들어도 잘 참고 넘기면 다시 직장으로 복귀할 수 있으니 가정일의 짐에서 벗어나게 해 주려는 생각 때문이었습니다. 그러다 보니 나를 속박하는 일은 더 커지게 되었고, 갑자기 불어난 네 식구 때문에 꼼짝도 못하고 있습니다. 엄마의 사정이 딱했던지 큰 아이가 뮤지컬 「황태자 루돌프」 공연을 같이 가자고 합니다. 모처럼 자유롭게 여유를 부리며 딸과 외출하여 공연을 즐겼습니다.

황태자 루돌프의 어머니인 황후 엘리자벳은 여행 다니기에 바빠 궁을 자주 비웠고 아들을 제대로 돌보지도 못했습니다. 그 어머니의 자유주의 영향을 받은 아들은 제국주의와 황실을 비판하며 맞서다가 사랑하는 여인과 자살한 내용으로 1889년 유럽을 떠들썩하게 했던 사건입니다. 엘리자벳이 아들의 주검 앞에서 "그 잘난 자유 때문에"라며 통곡하며 울부짖는 장면에서 눈물이 왈칵 났습니다.

나야말로 그 잘난 자유 때문에 아이들에게 이젠 나가라고 했던 말이 새삼 마음 아프게 전해 옵니다. 좀 힘겨워 보이는 어떤 문우가 한 말이 늘 마음에 남습니다.

"이 세상 태어나서 가장 큰 성공이라고 생각하는 것은 내가 엄마가 된 일이예요."

엄마가 되는 순간부터 자식으로의 속박과 책임은 엄마만이 알 수 있는 무거움입니다. 그러나 그 무거움의 가치가 무엇과도 비교될 수 없는 귀중한 것이기에 엘리자벳이 오열하며 토해 내던 회한의 소리를 기억하며 살아야겠습니다. 아마도 의무와 책임으로 속박된 삶이 진정한 자유인지도 모릅니다.

유럽 여행과 컵라면

유럽 여행의 환상을 안고 인천공항에 모였습니다. 공항에서 만난 일행 중에 키가 170cm 정도의 50대 남자가 빨간 잠바에 새까만 선글라스를 끼고 여유롭게 나타난 모습이 금방 눈에 띈 것은, 그의 복장이 아닌 핸드카에 자신의 키보다 높게 싣고 온 컵라면 상자 때문입니다.

전날 여행사에서 달러가 많이 올라 예전처럼 식사가 부실할 수도 있으니 간단한 간식 정도는 챙겨 오는 것이 좋다는 연락을 받았기에 단단히 준비한 모양입니다.

스포츠센터에서 알게 된 사람끼리 유럽 여행을 위해 3년간 돈을 모았다며 강한 사투리로 연신 시끄럽게 떠듭니다.

비행기 안에서부터 뒤쪽이 비었으니 판을 벌이자며 눈살을

찌푸리게 하던 그 일행은 여행 내내 우리를 울고 싶도록 만들었다가 웃기기도 하면서 잊지 못할 추억을 만들어 주었습니다.

2주간의 유럽 여행 일정은 바쁘게 호텔을 옮겨 다녀야만 했는데, 아침저녁으로 라면 상자를 싣고 나타나는 그를 보고 웃음을 참느라 애쓰던 일 때문에 지금까지도 웃음이 납니다.

뜨거운 물을 구하기가 힘들거나 라면값보다 몇 배가 비싼 물값 때문인지 얼큰한 라면 국물을 맛볼 기회가 좀처럼 주어지지 않았습니다. 알프스 정상의 '융프라우'에서 사람이 얼어붙을 것 같은 추위 속에서 먹는 라면 맛이 환상이라는 말을 듣고, 그들은 알프스 산맥의 풍경보다는 라면 국물 생각이 더 간절한 듯합니다. 그러나 뜨거운 물 한 컵의 값이 너무 비싸다는 이유로 누구 하나 선뜻 물을 사려고 하지 않습니다.

누군가 한마디 합니다.

"아! 난 서울 가면 한꺼번에 컵라면 열 개를 끓여 먹어야지."

이 남자는 호텔을 옮길 때마다 줄기차게 라면 상자를 끌고 다니는 남자에게 적당히 나누어 주고 짐을 덜어 보라는 권유 섞인 농담을 했건만, 그는 언제 닥칠지 모르는 흉년을 대비해서인지 외면했습니다.

드디어 일주일이 지난 어느 날 아침, 남자가 불만스럽게 말합니다.

"여러분의 불편을 덜어 주기 위해 번거로움을 마다하고 제가 짐을 옮겨 다녔는데 각자 라면을 나누어야 하겠습니다."

그 남자는 어디에서 구했는지 까만 비닐봉지에 라면을 나누어 담아 줍니다. 그다음부터 그 일행은 모두가 까만 비닐봉지를 여행 가방에 하나씩 매달고 다녔지만, 좀처럼 뜨거운 물은 구하기가 어려운 듯합니다.

한 호텔 식당의 커피 기계에서 뜨거운 물이 나온다는 정보를 얻었는지 모처럼 맛있는 라면 먹을 기회가 주어진 것과 짐을 던다는 기대로 화색이 만면한 그들은 라면을 안고 나타났습니다. 컵라면을 먹고 있는 한 여자의 표정이 일그러집니다.

"뜨거운 물이 나온 담서 커피만 나와 뿌리네."

그 여자가 먹고 있는 라면 국물이 뜨거운 물이 아닌 커피인 것을 영문으로 표기된 기계 앞에서 오래 서 있던 시골 아낙이 속삭이는 말을 들었기 때문입니다.

신문 기삿거리의 주인공을 실제로 만나 보고서야 스스로를 돌아보는 계기가 되기도 했지만, 국가의 이미지에 흠집이 되는 행동은 자제했으면 하는 바람을 안고 돌아옵니다.

잊을 수 없는 눈빛

첨단 문명을 거부하고 16세기를 살아가는 아미시(Amish) 마을에 다녀왔습니다. 미 동부 펜실베니아주 랭커스터의 마을을 들어서는 순간 고전 영화의 한 장면 속에 서 있는 느낌입니다.

빨랫줄에 널려 있는 옷이 익숙한 모습으로 다가옵니다. 대로에는 말이 끄는 마차 행렬이 이어지고, 마차 안에 있는 검정 양복에 하얀 셔츠와 모자를 쓴 젊은 아빠와 수공으로 지어 입는다는 원피스에 레이스로 장식한 하얀 모자를 깊이 눌러쓴 가족들의 모습이 평화롭습니다. 자동차들은 그들을 앞지르지 않고 지나가기를 기다리며 천천히 달리고 있습니다.

우리는 고개를 빼고 구경하지만, 그들은 세상에 아무 관심도 없는 듯 가족끼리 다정스러운 모습으로 서로를 바라보며 밖에는 시선을 주지 않습니다. 철저하게 현대 문명을 외면하고 산다는 그들의 생활을 살펴보기 위해 마을을 돌아봅니다.

직접 농작물을 재배한 유기농 식품과 손수 바느질하여 지어 입는 옷가지와 검소한 가재도구를 둘러봅니다. 그들만의 여유로움은 잠시 오래전의 기억을 반추시켜 줍니다.

디젤 기관차를 타 보려고 기차역으로 나갔을 때, 한 가족이 나들이하기 위해 기차를 기다리고 있습니다. 젊은 아빠와 엄마, 그리고 세 아이의 복장이 아주 정갈하고 아름다워 넋을 놓고 바라봅니다. 예의 없는 시선들이 싫었는지 사람이 없는 곳으로 가더니 옹가종기 둘러앉아 쉴 새 없이 그들만의 대화를 나눕니다.

끝없이 펼쳐진 옥수수 밭을 지나 작은 능선에서 그들 가족은 내렸습니다. 돌아오는 길에 보니 잔디밭에서 놀고 있는 그들의 모습이 한눈에 들어옵니다. 움직임이 크지도 않고 요란한 소리도 없지만 즐거운 모습입니다.

시간만 나면 컴퓨터 게임에 정신을 팔거나 어른 아이 할 것 없이 스마트폰에 빠져 사는 우리의 모습과는 너무나 대조적인 풍경입니다.

멀지도 않은 그곳에 가기 위해 옷을 정성스럽게 차려 입고, 피크닉 바구니에 가족의 식사를 챙겨 행복한 모습으로 나들이에 나선 그 가족은 오랜 세월 동안 익힌 습관이라는 것을 느끼게 합니다.

그들만의 종교에 의해 지켜 온 전통이라 할지라도 문 밖만 나서면 유혹당하기 쉬운 현대 문명을 거부하고, 몇 세기에 걸쳐 지켜 온 정신의 건강함이 부럽습니다.

삼일간의 휴가였지만 그곳에서 잠시 머무는 동안 우리 자신도 그들 분위기에 동화되어 고요함, 겸손함, 검소함, 부지런함의 마음가짐이 젖어드는 느낌이었습니다. 한 폭의 그림처럼 풀밭에서 게임하던 평화로운 눈빛을 잊을 수 없습니다. 맑은 영혼이 아니면 지을 수 없는 그 눈빛은 16세기의 훼손되지 않은 자연과 사람을 귀하게 여기는 마음이 만든 빛입니다. 잊을 수 없는 눈빛이 여행의 기억을 선명하게 해 줍니다.

소통 법

여행은 만남입니다. 낯선 곳에서 새로운 만남의 기대가 있어 여행을 꿈꾸게 되는지도 모릅니다. 젊은이라면 극적인 이성과의 만남이고, 사업가라면 도움을 주고받는 의인을 기대합니다.

남편과 함께하는 여행이니 평소에 나누지 못했던 대화도 하고 느긋한 잠도 즐겨 보리라는 생각으로 비행기에 오릅니다. 14시간을 함께할 옆 사람이 편안한 사람이었으면 하는 바람으로 좌석을 찾았는데 통로 쪽으로 먼저 앉은 남자의 인상이 딱딱하고 거만해 보입니다.

청색 셔츠의 50대 남자는 검은 얼굴에 이목구비가 뚜렷해서 일자로 다문 입이 더 차갑게 느껴집니다. 일상적인 말도 신경이 쓰이고 통로를 드나드는 일도 눈치를 살피게 됩니다.

그가 잠깐 자리를 비운 사이 여자 마음으로 모르는 남자를 평가합니다. 거북한 분위기를 못 참는 남편은 화장실에 다녀오는 남자에게 먼저 말을 겁니다.

"저, 뉴욕은 사업차 가십니까?"

"아, 예."

짧은 답으로 끊어진 대화를 연결하기 위해 남편은 이것저것 물으며 영어를 못해 불편하다는 말을 하니 그는 은근히 자기를 과시라도 하듯 목소리가 높아집니다. 장시간 비행의 지루함 때문인지 사업 이야기에서 동향 동문을 따지며 오래전부터 알고 지내던 사람들처럼 수다스럽습니다.

동향 동문을 만나면 급격히 가까워지는 남자들의 모습과 달리 부담스러움을 걱정한 것은 여자의 생각이었습니다. 인상에 대해 편견을 가지는 것이 때로는 엉뚱한 오해를 할 수 있다는 생각도 해 봅니다.

지루해서 몸이 뒤틀리기 시작할 무렵 두 남자 수다에 목적지가 가까워 옵니다. 필요 이상으로 사람들에게 친절한 남자를 흉보며 살았는데 대추씨 같은 마음보다 백번 좋다고 칭찬을 해 줍니다.

유쾌하게 웃는 두 남자의 웃음소리에서 남자들의 소통 법을 배웁니다.

기적

여행 중입니다. 집과 일터의 소식을 일체 끊고 자연 속에서 휴식을 취하고 있습니다. 같은 남자와 여자가 40년을 살아낸 일이 기적 같아서 함께 여행이라는 선물을 공유하고 있는 것입니다.

젊은 날에는 서로 다름을 투정부렸으나 지금까지 기쁨도 감사의 날도 함께하였으니 기적 같은 날들이 감사할 뿐입니다.

이곳 제주 중문에 있는 캔싱턴호텔에는 좋은 미술품과 조각 작품들이 많아 큐레이터를 불러 작품 설명을 들었습니다. 그림이나 색감이 순수하고 자유스러워 어린아이들을 연상케 하는 이왈종 화가의 작품 설명을 듣고 남편이 새삼 그림에 관심을 갖습니다.

내친김에 〈왈종 미술관〉에 갔습니다. 그림에 별로 관심이 없던 남편이 어떤 작품 앞에서 사진을 찍고 있습니다. 무슨 그림인가 했더니 남녀가 사랑하는 그림입니다.

「사랑을 하여 120살까지 건강하게 삽시다」

순수한 동심의 세계를 맛보려 왔는데 남편은 사랑하고 건강해지는 일에 관심이 많습니다. 이렇게 우리는 전혀 다른 모습으로 부부라는 묶임 속에서 살았지만, 크게 다투거나 헤어지고 싶다는 농담조차 한마디 않고 살았습니다.

아마도 이왈종 화가의 작품 중 「중용」이라는 그림처럼 서로 다름을 바라보아 주고 인정해 주며 평등을 추구하려 애쓰고 살았나 봅니다. 결혼이라는 제도 안에 최소한의 형식과 질서를 지키려 서로를 옥죄고 참견하는 생활이 아니라, 자유롭기를 바라며 좀 떨어져서 바라봐 주는 삶을 말입니다.

배우자를 찾고 있는 젊은이에게 말해 주고 싶습니다. 자신과 전혀 다른 성격을 만나는 것은 오히려 행운이라고. 서로 갖지 못한 부분을 투정하며 살다 보면, 어느덧 그 빈 곳이 자연스럽게 채워져서 닮은꼴이 된다고 말입니다.

사람이 좋은 모습으로 변하는 것은 기적 중의 기적일 것입니다.

봄비 유죄

"저~ 한번 안아도 될까요?"

플랫폼을 향해 내려가는 에스컬레이터 계단에서 그가 말합니다. 예기치 못한 행동에 놀라 멈칫 몸을 움츠립니다. 많은 사람이 오가는 공공장소이기 때문입니다. 상대방이 겸연쩍어할까 싶어 살짝 미소를 지으며 계단을 내려섭니다. 정중하고 매너 있는 태도를 지켜 온 그였기에 갑작스런 돌출행동에 당황했습니다. 외국에서 오래 살아 자연스럽게 몸에 밴 인사법일까? 의문하면서 포옹 대신 악수를 하고 곧바로 기차에 올랐습니다.

손님이 많은 날이었습니다. 낮에 왔던 손님이 분위기가 좋다며 몇 명의 친구들과 저녁에 다시 찾아왔습니다. 가게에서는 금연이라 담배를 피우려고 들락거리던 그가 책장 앞에서 한참을 머뭇거리더니 책을 한 권 빼어 들고 왔습니다. 오래 전에 펴낸 내 책입니다.

"사장님 작가시네요. 이거 한 권 가져가도 될까요?"

쑥스러워 아무에게나 선뜻 내놓지 못하는 책입니다. 그의 이름을 물어 적고 사인해 건네주었습니다.

그는 화가였습니다. 파리에서 공부를 마치고 그곳에 눌러 앉아 현역으로 활동하고 있다며 그의 친구가 귀띔을 해주었습니다. 그는 오랜만에 고향에서 여유롭게 지내다 보니 그대로 주저앉고 싶어 갈등이 인다며 자신의 심정을 언뜻 내비칩니다. 아무리 오래 살았어도 외국 생활의 긴장감을 지울 수 없는 모양입니다.

다음 날, 책을 잘 보았다는 문자 메시지를 보내왔습니다. 이렇게 시작한 그의 문자는 잊을 만하면 이어지곤 했습니다.

"책 내용이 생각나서."

"비가 와서."

"튤립이 피어서."

"그냥 생각이 나서."

특별한 내용도 없이 언제나 짧은 문자였습니다. 문자는 바쁜 시간의 전화 통화보다 편리합니다. 특히 손님이 많이

들고나는 가게에서는 좋습니다. 시를 쓰듯 짧은 문자에 알맞은 단어를 골라 오래된 친구처럼 꼬박꼬박 답신을 보냈습니다.

4월, 봄비가 내립니다. 창밖에는 화사하게 피었던 벚꽃이 비에 젖어 힘없이 떨어져 내립니다. 앞다투어 피어났던 봄꽃의 아름다움도 잠시, 볼품없이 시들어 가는 낙화가 안쓰러워 마음이 울적합니다. 지는 꽃잎에 나이 숫자를 세며 쓸쓸하게 웃고 있는 자신을 돌아봅니다. 저버릴 꽃이라면 빨리 지고 열매를 맺어야 할 것이니 지는 꽃에 연연할 수만은 없습니다. '청춘이란 어떤 시기가 아니라 마음가짐을 뜻한다.'는 사무엘 울만의 시 구절을 떠올리고 있는데 메시지 음이 울립니다.

"비가 와요. 시간 있으시면."

그 남자입니다. 시간이 있으면 어떻게 하라는 건지, 언제나처럼 선문답 같은 문자입니다. 그러나 오늘 그 문자는 뜻을 알아차리기 어렵지 않습니다.

찻집을 운영하면서 자신에게 다짐한 몇 가지 원칙이 있습니다. 손님 자리에 함께 앉지 않을 것, 가게에 온 손님을 밖에서 따로 만나지 말 것, 어떤 경우라도 손님의 비밀을 지켜 줄 것 등입니다.

벚꽃이 지는 봄날, 나는 자신과의 약속을 지키지 못하고 그의 작업실에 가겠다고 답을 보냈습니다. 화실이 가게 근처에 있을 것이라고 생각했는데 뜻밖에 대전이라고 합니다. 잠시 갈등이 일었지만 취소하기에는 핑계거리가 마땅치 않습니다. 그가 화가라는 호기심과 무디어진 중년 여인의 감흥을 봄비가 흔들었습니다.

봄비에 젖은 여심(女心)을 감추려고 수수한 옷차림에 화장도 생략한 채 집을 나섰습니다. 전에 보았던 짧은 소설 『19 그리고 80』을 가방에 챙겨 넣었습니다. 오랜만에 혼자 타 보는 기차는 가슴 설레던 소녀 적의 여정(旅情)을 느끼게 했습니다.

달뜨려는 마음을 소설 속으로 집어넣었습니다. 19세 소년과 80세 할머니의 사랑 이야기입니다. 아무리 나이 차이가 있다 해도, 남녀 간의 순수한 정신적 사랑은 힘들다고들 합니다. 하지만, 대화가 통하고 추구하는 삶의 방식이 같다면 가능하지 않을까요? 글의 내용은 사랑과 인생, 그리고 죽음에 대해 이야기이지만, 19세 소년과 80세 할머니의 이색적인 로맨스가 흥미롭습니다. 소년과 할머니의 역할을 내게도 접목시켜 상상의 나래를 펴다 보니 어느새 목적지에 가까워졌습니다.

"어디쯤?"

여전히 짧은 문자입니다. 일찍 나와 기다리고 있었나 봅니다. 한두 번 본 사람을 잘 알아보지 못하는 습성 때문에 걱정했는데 길 건너에서 먼저 알아보고 손짓을 합니다. 그는 곧바로 시내를 벗어나 숲속 길로 차를 몰았습니다. 한적한 산속 마을 음악 애호가들이 모여 계절마다 음악회를 연다는 그의 선배 집에서 함께 차를 마셨습니다. 친구가 운영하는 전통문화학교에서 시골 아낙이 차려 주는 점심도 같이 먹었습니다.

나이 든 여인을 옆에 태운 젊은 화가는 먼 곳까지 찾아와 준 사람을 편하게 해 주려고 애를 썼습니다. 아름다운 4월의 나무를 바라보면서 어색한 마음이 사라지고 오랜 친구처럼 편안했습니다.

그의 화실에 들러 작품을 감상했습니다. 개조한 폐교를 몇몇 화가들이 나누어 함께 쓰고 있었습니다. 작품은 추상화 형식의 동양화로 어둡고 무겁게만 느껴질 뿐, 쉽게 이해할 수 없었습니다.

"선생님 작품은 어떻게 해석해야 하나요?"

"그림은 그냥 보여지는 대로만 보십시오."

묻는 말엔 짧게 대답하고 연통 속에 콩새가 보금자리를 틀고 있어 작업실이 추워도 난로를 피우지 못한다는 설명만 늘어놓았습니다.

뉴욕에서 열리는 전시회가 얼마 남지 않아 마음이 바쁘다고 했습니다. 행운을 비는 마음으로 운동장가에서 네 잎 클로버를 찾아 건네주고는 서둘러 일어났습니다.

짧은 시간이었지만 마음 편하게 배려해 준 그가 고맙고, 일상에서 살짝 벗어난 몇 시간이 숨어 있던 젊은 기운을 일깨워 주는 듯했습니다. 그것은 삶에서 한 고비를 넘기 위한 숨고르기였을 뿐 일탈은 아니었습니다.

서울로 가는 기차는 정시에 들어와 정확한 시간에 출발했습니다. 비 그친 서녘 하늘 석양의 실루엣 속에 그가 지나갑니다.

기억의 창고

기차나 전철을 타고 경기도 의왕역을 몇 번인가 지나면서 화려한 도시도 아니고 시골도 아닌 이곳에 자리잡고 살면 좋겠다는 생각을 했습니다. 그런데 우연한 기회에 의왕이라는 생소한 동네에 집을 짓게 되었습니다. 녹지대가 많고 기차와 연관이 많다는 이유로 별 망설임 없이 삶의 터전을 이곳으로 옮긴 것입니다.

차창 밖으로 보였던 그 동네에 우리 집을 지었다는 사실이 믿기지 않습니다. 잠깐 스치고 지나간 생각이 현실이 되어 버린 것입니다.

거실이나 주방, 옥상에서 기차가 지나가는 것을 보고 소리도 듣습니다. 그때마다 열차에 대한 단상이 떠오르고 기차가 닿는 미지의 풍경을 그리며 상상 여행을 합니다.

이곳에 터를 잡고 살면서 여행 중에 경험했던 추억들을 되새기는 일이 일상이 되었습니다. 여행은 기억의 창고에서 날마다 꺼내 먹는 초콜릿 같아 어떤 순간을 기억하는 것만으로도 기분이 좋습니다.

어린 나이에 처음 타지로 외출하기 위해 이용한 대중교통이 기차였습니다. 시집간 언니가 보고 싶어 혼자 나선 초행길, 생전 처음 타 보는 기차여서 혹여 실수나 하지 않을까 하여 마음이 조이고 초조했습니다. 내려야 할 정거장에서 내리지 못하고 지나칠까 봐 완행열차의 느긋한 속도에조차도 조바심을 내며 붐비는 출입구 쪽에서 떠나질 못했습니다. 도착지에 내려서도 잘못 내리지나 않았을까 두리번거리는데 마중 나온 형부와 언니가 보였습니다. 얼마나 반가웠든지 지금도 생생하게 정물화처럼 그려집니다.

소음으로 느껴질 법도 한 기차 소리는 지나친 일상의 분주함을 내려놓고 휴식을 취하며 살라는 누군가의 메시지로 들려오니 다행스러운 일입니다. 그런 이유로 휴식의 시간은 기차를 이용하려고 길들이는 중입니다.

마음 내킬 때 언제라도 가까운 기차역으로 나가 보려 합니다. 작은 일상의 변화 속에서 가만히 미소 짓는 여유를 부리고 싶습니다. 분주한 시간을 잠시 내려놓고 기차만 타면 닿을 수 있는 곳에 내려 낯선 고장을 둘러보는 휴식의 시간 이 삶에 활력소가 되리라 믿습니다.

열심히 일하며 살고 있습니다. 앞으로도 계속 그렇게 살 아갈 것입니다. 그런 자신에게 몸과 마음을 편안히 하여 잠 시라도 쉼표를 찍어 주는 선물이 기차 여행입니다. 단조로 운 일상에서 역동적으로 무엇인가 도전 의식이 생길 때, 작 고 사소한 것으로부터 삶의 위안을 얻고 싶을 때는 기차를 탑니다.

가볍게 혼자 집을 나서는 것은 참 휴식을 취하기 위함입 니다. 기차의 레일처럼 누구와도 온전히 하나 될 수 없는 혼 자만의 길을 터득하기 위한 훈련이기도 합니다. 많은 사람 들 속에 섞여 가지만 내가 가는 목적지가 다르고 나만의 길 이 있습니다. 기차표를 다시금 살펴봅니다. 생소한 목적지 가 두렵지 않습니다.

애틀랜타 어느 카지노에서

"우리 오랜만에 한번 땡겨 봅시다."

사돈 내외와 애틀랜타시티에 가는 날, 그 땡긴다는 말이 무언지 잘 모르고 따라나섰습니다.

호텔에 짐을 풀고 저녁을 먹으러 나왔지만 카지노 간판만 요란하고 레스토랑은 눈에 띄지 않습니다. 게임에 빠지면 밥 먹는 일도 뒷전인지 다리가 아프도록 바다가 낀 도시를 걷고 또 걸었습니다.

상가에는 여러 나라에서 들어온 흥미 있는 물건들이 호기심을 자극했고, 거리의 사람들은 약물에 취한 사람처럼 몸을 흔들며 춤을 추거나 연인들은 진한 키스에 열중하고 있습니다.

신나는 리듬과 함께 거리 한쪽에 사람이 모여 있기에 가 보니, 후줄근한 물통이나 깡통을 늘어놓고 그것을 악기 삼아 깡마른 흑인 남자 하나가 신나게 드럼을 치고 있습니다. 리드미컬한 자신의 장단에 도취되었는지, 환각 상태에 빠진 것인지 묘한 분위기로 사람을 끌어모읍니다. 지나가는 흑인 여자가 춤을 추기 시작하자 모여 있던 사람들까지 신나게 몸을 흔들고 있습니다. 삽시간에 지폐나 동전이 깡통에 채워집니다. 그들의 낙천적인 모습에 동화되어 나도 모르게 발장단을 칩니다. 오늘 밤, 저 돈을 들고 카지노에 가서 일확천금을 노리다가 빈털터리 되면 또다시 길거리 악단이 될 거라는 생각을 합니다.

저녁을 먹고, 난생처음 카지노엘 들어갔습니다. 가벼운 두려움과 함께 호기심이 생깁니다. 확 트인 천장은 진짜 하늘 같아 분별이 서지 않습니다. 잘 만들어 놓은 하늘 밑에서 죄를 지으면 하나님은 보지 못할지 모릅니다.

넓은 카지노의 시끄러운 소음 속에서 트럼프에 열중인 신사들의 표정이 엄숙하기까지 합니다. 기계 앞에서 동전이 떨어지는 소리에 함성이 터지기도 하고, 계속 지폐를 먹어 대는 기계 앞에서 한숨 소리도 들립니다. 모두가 일확천금을 가져올지 모른다는 기대에 부푼 모습입니다.

컴퓨터에 바이러스가 침투할지 모른다는 화면만 떠도 몸을 움츠리는 기계치인 나도 손잡이를 당기기만 하면 작동하는 단순 동작에 자신이 생겨 25센트짜리 슬롯머신 앞에 앉았습니다. 10불짜리 한 장을 넣었는데 몇 번 그림이 맞더니 100불로 올라갑니다. 가슴이 뛰기 시작합니다.

여행 중에 추억거리라는 가벼운 마음으로 해 보는 게임이지만, 쉽게 빨려드는 사행심이 내게도 있음을 자각합니다. 100불짜리를 몇 개나 잃었다는 남편이 멋쩍게 웃으며 옆에서 지켜보기에 보란 듯 기계를 당깁니다. 이번에는 삽시간에 숫자가 다 줄어드니 선뜻 일어서지지가 않습니다.

옆자리에서 1불짜리로 신나게 게임을 즐기는 안사돈의 얼굴은 즐거워 못 견디겠다는 표정입니다. 땡겨 보자는 것은 게임을 재미있게 즐기자는 얘기였습니다. 어른들이 안 올라오자 딸 내외가 내려와 놀려 댑니다.

"장로님, 권사님 이제 주무실 시간입니다."

사행성을 부추기는 업소들이 늘어나고 잘못 발을 들여놓아 패가망신하는 사건이 많은 시대입니다. 불경기가 심하다 보니 이런 업소가 사회악이 되어 사람과 사회가 병드는 일이 넘칩니다.

복지제도가 잘 되어 있는 선진국에서는 주로 노인들이 연금으로 재미 삼아 나온다고 합니다. 음료수 서빙을 하면서 게임도 하는 백발의 할머니들 표정이 밝습니다. 오락장 출입이 건전하게 사용될 수 있다면 실컷 웃고 떠들며 건강에도 유익하련만, 물질 앞에서는 즐길 수만은 없는 것이 대부분의 모습입니다. 건강한 마음으로 건강한 물질을 모으며 사는 것이 큰 축복이라는 생각을 새삼 해 봅니다.

희생과 배려

흐트러진 삶의 태엽을 감기 위해서는 여행만한 것이 없습니다. 이번 여행의 목적은 피곤한 육신을 충분한 휴식으로 대접해 주려고 합니다.

사람이 사는 곳은 어딜 가나 비슷하다는 이유로 여행지에 대한 특별한 기대나 궁금증 없이 여행을 준비합니다. 그저 일상에서 벗어난 시간 속에서 휴식을 취하고 오라는 마음의 준비뿐입니다.

올해 사업상 흑자를 보았다는 이유로 여행 비용을 대 주겠다는 남편 친구 부부의 제안을 받았습니다. 오키나와가 우리나라 제주도와 같다는 것만 알고 갔습니다.

2시간 정도의 비행시간은 국외라는 느낌보다 제주도에 온 것 같은 느낌입니다. 섬이라서 횟집이 있고 유흥의 분위기일 거라는 선입견은 잘못이었습니다. 자연 훼손을 방지하기 위해 일체의 개발을 금하고 있는 고장이었습니다. 우리나라처럼 난개발을 하지 않고 자연을 보존한 자연스러움이 특징입니다.

대부분의 여행처럼 피곤하고 바쁘지 않아서 바다를 향한 전망이 좋은 숙소에서 두 부부가 이야기꽃을 피우는 여유로운 시간이 더없이 만족스럽습니다. 여행은 마음이 맞는 사람과 함께하면 즐거움이 배가됩니다.

세계 도처에서 폭설과 강추위로 난리를 겪고 있는데 이렇게 따듯한 지방에서 편안한 휴가를 즐긴다는 것이 죄 짓는 기분까지 들었으나, "아, 좋다."라는 말만 절로 나옵니다. 이 정도의 호사는 누려도 좋을 만큼 열심히 일하였으니 스스로에게 편안한 마음을 건네줍니다.

오기 전날 한국인 전사자들의 위령탑을 보러 갔습니다. 비가 쏟아져 버스에 남은 사람도 있었지만, 왠지 그곳을 들르지 않는다면 타국에서 이름 없이 죽어 간 젊은 영혼들이 서운해할 것 같았습니다.

그들의 넋을 기리기 위해 우리나라 8도의 돌과 흙으로 기념관을 세웠다고 합니다. 잠시 그 앞에서 묵념을 올리는데 가슴이 뭉클해집니다.

초가을 날씨 속에서 이름 모를 들꽃과 갈대숲을 누비며 때 아닌 호사를 누린 것은 이들의 죽음으로 얻어진 대가라고 생각하니 발걸음이 더디어집니다. 젊은이들의 죽음이 안정된 생활의 기초가 되어 이런 여유로운 휴식을 취하고, 자신의 노력으로 얻은 물질을 친구와 함께 쓰고 싶은 배려 덕분에 이 따듯한 고장에서 멋진 겨울 여행을 즐기고 있는 것입니다.

우리는 살아가면서 순간순간 행복을 맛보며 살아갑니다. 그것은 누군가의 희생과 배려가 없이는 가질 수 없는 축복입니다. 내 불행도 누군가에게 행복을 주기 위한 간접적인 이유가 된다면 그것도 행복이지 않을까요.

내게 있어 희생과 배려는 어떤 것이 있었는지 분주한 일상을 잠시 내려놓고 보니 지나온 시간을 돌아보게 됩니다. 새삼 잊고 살았던 고마운 사람들이 생각납니다.

기다림

100년 만의 폭설이라고 합니다. 사람의 발길이 끊기고 신문도 배달되지 않습니다. 장사를 하는 사람들은 새해 첫 주부터 손님이 끊겨 울상이고 곳곳에서 생활의 불편함을 겪는 일이 많을 것이나, 이렇게 갇혀 사는 것도 나쁘지는 않습니다.

연말을 보내느라 어수선했는데 이렇게 혼자만의 시간을 가질 수 있다는 것은 폭설이 준 행운입니다. 생활의 편안함보다도 삶의 긴장감에서 잠시 숨고르기를 위한 시간이라 여겨집니다.

방금 손질한 이불호청을 펴놓은 듯 깔끔한 눈밭을 내다보며 바이올린 선율이 흐르고 있는 FM의 볼륨을 높입니다.

이보다 더 좋을 수는 없습니다. 살아 있음으로 따라붙는 내면의 온갖 쓰레기도 눈 속에 묻고, 오늘 중으로 해치워야 하는 잔일거리도 다 묻어 놓습니다.

정초부터 순백으로 뒤덮인 자연을 바라보며 창조주가 내게 전하는 메시지를 읽을 것입니다. 요지부동으로 자리를 지키고 있는 겨울나무는 인내와 평상심을, 지난날의 깔끔하지 못한 삶의 찌꺼기를 하얗게 덮어 버리라는 망각의 지혜를, 잠시도 집에 붙어 있지 못하는 이에게는 가정의 따듯함을 느낄 수 있는 시간이라 여겨집니다. 무엇보다 추위 속에 봄을 기다리는 새싹들은 기다림의 시간을 거쳐 눈이 녹은 후 본래의 모습으로 돌아가 새롭게 시작하라는 메시지로 다가옵니다.

스위스 알프스 산맥의 아기자기한 들꽃을 상상하며 찾아갔던 그곳에서 때아닌 폭설로 하얀 눈만 보고 돌아왔으나, 기다림의 숙제를 주었습니다. 지금 내 앞에 벌어지고 있는 모든 상황은 신의 섭리라 생각합니다. 약간의 아쉬움을 안고 돌아오는 마음속엔 언젠가 또 한 번의 기회를 약속하는 것이라 믿습니다.

아무도 사용하지 않은 순백 위에 남은 날들의 시간표를 짭니다.

2

꽃보다 더 아름다운

3004의 여인

행복한 여인이 있습니다. 방배동 전원마을에 위아래로 집을 짓고 15년 가까이 서로 들락거리며 살던 이웃집 여자입니다. 내가 그녀를 좋아한 것은 내게 없는 순수함이 철철 넘치는 귀여운 여인이기 때문입니다.

고급 공무원의 딸로 미술 전공을 했고 부모가 짝 지워 준 모범적인 남편에 예쁜 딸과 잘생긴 아들을 둔 여인, 결혼 초부터 살림하는 사람을 두고 취미로 승마를 즐기면서도, 시부모에게 사랑을 듬뿍 받고 살았다는 이 행복한 여인은 남편에게도 사랑을 넘치게 받고 삽니다.

친정과 시댁에서 재산도 많이 받았으니 내 짐작으로는 사는 날까지 먹고사는 일에 근심 걱정이 없는 사람이지요. 세상의 대부분 사람들이 다 그렇게 사는 줄로만 알았나 봅니다. 그러니 이 여인은 가족끼리 평범하고 아주 작은 것에 감사하며 사는 것을 큰 행복이라 말합니다. 물질에 대한 욕심을 부릴 일도 없거니와 사람의 한마디 말에 자주 감동하는 특별한 감성을 지닌 사람입니다. 작은 일에도 환하게 웃어 주고, 주변의 어떤 조건보다 진정한 행복이 무엇인지 스스로 터득하여 복을 누리고 사는 아름다운 여인입니다.

좋은 시를 만나면 가슴에 품고 와서 낭독해 주며 본인의 가슴을 쓸어내리고, 성경을 보다가 와 닿는 구절이 있으면 오직 자신에게만 향한 하나님의 시선이 송구하여 눈을 뜨지 못합니다.

환갑을 넘긴 나이에 소녀 같은 심성으로 변함없이 행복한 이유는, 눈에 보이는 조건보다 내면의 아름다운 마음으로 세상을 아름답게 바라보기 때문입니다. 이웃이 잘된 일에 배가 아픈 이유를 절대로 이해하지 못하는, 그래서 내가 좋은 일이 생기면 먼저 전할 수 있는 편안한 사람입니다. 소박한 한 끼의 식사 대접에도 고마운 마음이 넘쳐나는 모습을 보면 대접하고도 감동을 받습니다.

김치냉장고를 다시 샀다고 했습니다. 좋아하는 아내에게 "그렇게도 좋아?"라고 물었다는 남편이 아내의 전화번호를

3004번으로 바꾸어 주었답니다. 천사도 아닌 삼 천사로. 남편에게 천사로 인정받는 그녀는 누가 뭐래도 천국의 자리가 예비되었으리라 믿습니다.

신분 상승을 위해 상류 계층의 생활을 닮아 가려 애쓰는 세상입니다. 모든 조건을 갖추었음에도 검소하고 평범하게 살기를 원하는 이 여인은 사람을 대할 때도 있는 그대로 보아 주고 표현해 줍니다. 계산하고 사람의 마음을 헤아리는 일이 없습니다. 때로는 순박한 성품 때문에 눈치 없고 제멋대로인 모습으로 비칠 수도 있지만, 그 안에 숨겨진 순수함의 보석을 알기에, 그 여인은 이 세상이 끝날 때까지 행복하리라 믿습니다.

흉내 내기

"택시 타고 가요."

"안 돼. 마을버스 타."

동전 한 닢도 귀중하게 여기라며 눈 흘기는 그녀에게 기가 죽어 눈길을 피합니다. 무릎 선에서 살짝 올라간 미니스커트에 보라색 슈트가 잘 어울리는 60대 여자는 항상 눈빛이 맑습니다. 단정하게 끈을 조여 맨 흰 운동화 때문에 작은 키가 오히려 당당해 보입니다. 키가 작은 것 외에 빼어난 미인이었던 그녀는 머리에서 발끝까지 흐트러짐이 없이 자신의 관리가 완벽한 여자입니다.

어려움을 겪을 때 만난 사람입니다. 60년대에 명문대를 나와 좋은 환경에서 유복하게 살던 그녀는 아버지의 사업 실패로 자신의 길을 스스로 개척해 나가지 않을 수 없었다고 합니다. 무작정 미국이라는 나라로 간 것은 공부가 목적이 아니라 좋은 배우자를 찾기 위해서였고, 백만장자에 매너가 좋은 남자를 구한다는 소문을 흘리고 다녔답니다.

조그만 동양 여자가 하는 짓이 흥미로웠는지 많은 남자들에게 데이트 신청이 들어왔습니다. 그 많은 사람 중에서 능력 있는 한국계 미국인인 자동차 디자이너와 결혼을 했습니다.

여자가 내세운 결혼 조건을 다 갖춘 이 남자와 더없이 행복한 결혼 생활을 했습니다. 자신만큼 행복했던 사람은 없을 것이라는 말을 여러 번 하는 것으로 보아 얼마나 행복한 결혼 생활이었는지 짐작이 갑니다. 최고의 행복은 길게 가지 못하는 것일까요.

경비행기로 가족이 여행을 하던 중에 일본에 잠시 머무는 동안 남편이 갑자기 췌장암 말기라는 판정을 받았고, 6개월 넘기기 어렵다는 말을 듣고 간신히 정신을 차려 생각했답니다.

남편에게 받은 극진한 사랑을 이제는 갚아야 한다는 마음으로 일본 최고의 암 전문 병원에서 1년 반 동안 치료를 하고 나니 전 재산이 날아갔고, 숨을 거두려는 마지막 순간에 프랑스의 자동차 회사에서 남편이 디자인해 준 일이 통과되어 사인을 해 달라는 통보가 왔으나 손에 힘이 빠진 뒤였다고 합니다.

15살짜리 아들과 빈털터리가 된 그녀는 현실 앞에 정신을 차렸습니다. 자신이 그렇게 살아왔듯이 아들에게도 자립심을 키워 홀로서기를 권할 수밖에 없었습니다.

어린 아들을 무작정 미국으로 돌려보내고 자신은 곧바로 한국으로 들어와 4평짜리 오픈 점포를 빌려 수입 물건과 담배를 파는 아줌마가 된 것입니다.

그녀를 처음 본 것은 그 좁은 가게에서 음악을 틀어 놓고 혼자 신나게 춤추고 있는 모습이었습니다. 누구의 시선도 아랑곳하지 않고 그 작은 가게에서 기쁘게 일하는 모습이 좋았습니다.

"난 비록 담배를 팔고 백 원짜리 동전을 이익금으로 남기지만, 과거의 행복했던 시절을 떠올리며 살아. 다 돌아보아도 나만큼 행복하고 특별한 사랑을 받아 본 사람은 없는 것 같아."

현실의 초라함과 떼어 놓은 아들 걱정이 없을 리 없건만, 세차게 부는 바람이 싫어 외면하는 것이 아니라 바람을 즐기려 노력하는 그녀의 모습이 좋았습니다.

"오늘 우리 아들한테 기쁜 소식이 왔어. 엄마가 날 버려 줘서 고맙다며 미국 땅에서 성공해서 이제 엄마를 모시겠다 며 빨리 들어오라는 소식이야."

환하게 웃고 있는 그녀의 맑은 눈에 눈물이 가득 고입니 다. 미국에 가면 무슨 일이라도 하면서 열심히 살 것이라고 했습니다.

어떤 사람들은 미래의 행복을 위해 현실을 희생하라고 합 니다. 어떤 이들은 불투명한 미래에 집착하지 말고 오늘을 즐기라고 합니다. 사람들은 삶의 방식을 자기 잣대로 재며 이러쿵저러쿵하지만, 쉴 새 없이 밀려오는 생의 파도를 타면 서 얼마나 스릴을 느끼며 미래의 바탕 그림을 그려 넣지는 자신의 선택입니다.

그녀의 긍정적인 사고방식과 자신을 사랑하는 모습을 흉 내 내며 나의 폭풍도 지나갔습니다. 나도 누군가에게 흉내 내고 싶은 사람으로 기억되고 싶어, 말이 아닌 실천이 우선 되는 생활을 꿈꾸어 봅니다.

세미한 미풍에도 얼굴이 굳어지는 가슴이 작은 여자라도, 그녀의 흉내를 내며 사노라면 당당하고도 맑은 영혼을 지 닐 수 있을 것입니다.

공돈

가게 오픈을 하고 첫 손님으로 들어온 사람은 두 명의 여자였습니다. 찻값을 서로 내겠다며 밀치기를 하다가 먼저 나간 손님이 "나머지 팁입니다."라며 잔돈을 두고 나갑니다. '팁'이라며 남기고 간 돈을 내려다보며 옆으로 밀어 놓습니다. 이미 내가 수고한 값은 받았는데 팁이라니 괜히 궁색한 기분이 들고, 정당하지 못한 물질을 탐내는 이들의 마음은 어떤 것일까 궁금해집니다.

일을 끝내고 찜질방에 다녀왔습니다. 귀걸이를 달고 들어갔다가 옷장 밑에 풀어 놓은 것을 잊고 돌아와서 전화해 보니 그런 물건이 없다고 합니다. 특별히 줄을 맞추었던 아끼는 수공예 작품입니다.

토요일 밤 이름난 찜질방의 손님은 만원이었고 목욕탕까지 귀금속을 달고 다니는 여자라면 돌려주지 않아도 좋을 것 같은 마음이 들어 누군가 양심의 가책도 없이 가져갔나 봅니다. 사람들은 올곧지 못한 돈이 들어오면 자신의 양심을 합리화시키며 '이까짓쯤이야.'라고 생각하고, 큰돈이 오고 가야만 부정부패라고 여기기 쉽습니다.

허술한 길거리에서 횡단보도를 무시하고 길 건너는 사람에게 화들짝 놀라 말리다가 슬그머니 좇아가는 자신을 발견합니다. 자신도 모르게 옆 사람을 닮아 가는 것을 온전히 관찰할 수 있다면 좋으련만, 자신만은 완전한 인격자로 착각하고 그 착각 때문에 좋은 물을 들이기가 쉽지 않습니다.

오늘도 상담할 일이 있다며 차를 마시자는 손님이 꽤나 심각한 얼굴로 한 모금의 차도 마시지 않고 일어섭니다. 마주 앉아 몇 가지 궁금증을 풀어 주었을 뿐인데 나의 찻값까지 던져 놓고 나갑니다.

사기꾼을 찾아다니는 그 남자가 사기당한 액수에 비하면 돈도 아닌 액수인지 자꾸 돌려줘도 그냥 놓고 나갑니다. 아침 첫 손님이어서 공돈을 세며 미소 짓습니다.

나도 특별한 사람은 아닌가 봅니다.

꽃보다 더 아름다운

눈이 많이 오는 날 한 가족이 가게로 들어왔습니다.

어머니와 남매, 그리고 아들의 여자 친구였는데 시종일관 오순도순 속살거리며 웃음소리가 그치지 않습니다. 날마다 보는 가족일 텐데 연신 카메라를 들이대며 사진 찍는 소리와 특별하게 친절하고 예의바른 자녀들을 보니 단란한 가족이라고 느껴집니다.

"우리 어머니가 이 찻집을 좋아하세요."

어머니를 위해서 먼 길 마다 않고 함께 동행해 주는 마음이 참 예쁜 자녀들입니다.

어느 날, 한 중년의 남자가 가게 문을 열고 들어왔는데 갑자기 보이지 않고, 뒤에 들어온 가족은 단골이 되어 버린 그 가족이었습니다. 아버지가 먼저 들어왔는데 이상하다며 홀을 살피다가 자기들끼리 이야기꽃을 피웁니다. 한참 뒤에 구석 자리에서 탁자를 두드리는 소리가 나자 온 가족이 탁자 밑에 숨은 아버지를 찾아냅니다. 아버지의 얄궂은 행동으로 한바탕 웃음꽃이 만발하고 어우러진 가족의 행복한 모습들이 천국의 길목을 떠올리게 합니다.

온 가족이 찻집에 오는 일은 흔치 않은 일이어서 돌아갈 때, 하나밖에 없는 나의 졸저 『디딤돌』 앞장에 느낌을 적어 선물로 주었습니다.

행복하고 단란해 보이는 가족입니다. 그 모습이 변함없으시기를 기도하겠습니다.

아내와 아이들을 데리고 차 마시며 담소하는 그 여유는 매사가 다 편안하고 시간이 넉넉해서는 아니라고 생각합니다. 가장으로서 가족에 대한 특별한 배려가 아니라면 만들 수 없는 시간입니다.

그 모습이 좋아 특별한 서비스를 했더니 맛있는 게장을 보내왔습니다. 고마워서 밖에서 식사 대접하고 만나다 보니 외면의 모습뿐만 아니라 내면의 모습까지 다 아름다운 가족이라는 것을 알게 되었습니다.

가족의 말을 귀기울여 듣는 자세, 서로를 짚어 줄 때 인정하고 받아 주는 자세, 서로를 배려해 주는 모습이 말과 행동에서 보입니다. 이런 분위기는 가족이 자주 모여 대화를 나누었기 때문에 자연스럽게 만들어진 그 집만의 분위기임을 느낍니다. 꽃보다 아름다운 것이 사람이라면 더 아름다운 것은 가족의 모습입니다.

예의 바르고 밝은 아들이 미국에 가서 좋은 회사에 취직이 되었다며 자랑합니다. 그뿐이 아닐 것입니다. 그 가족의 앞날은 늘 평탄함 속에 아름다운 모습으로 살아갈 것입니다. 성이 다른 사람끼리 만나 가족을 이루고 화목하게 살아가는 일이 평범하지만 가장 경이롭고 신비스러운 한 폭의 그림입니다.

내가 찍어 준 그들의 가족사진을 나도 한 장 빼놓았습니다. 이보다 더 아름다운 풍경이 없음으로….

기적 같은 만남

"여보세요. 여기 영광교회인데요. 미국에 있는 따님 주소 좀 불러 주세요."

우리 가게를 딱 한 번 다녀가신 목사님이 딸아이에게 필요한 책을 보내 주겠다는 전화입니다. 고마운 마음에 말을 더 듬거립니다.

이 넓고 무한한 우주공간 속에서 나와 연관이 있거나 알고 지내는 사람의 수를 헤아려 봅니다. 지구상의 인구 숫자를 비교한다면 너무나 적은 사람들 틈에 우리들은 이런저런 이유로 관계를 맺고 살아갑니다.

생활의 반경이 적음으로 책에서 작가와의 만남이 유일하지만, 한번 들러 가는 손님일지라도 오래 기억 속에 남기를 기대하며 하루를 시작합니다. 모든 일에 싫증을 자주 느끼는 것은 욕심이 많기 때문이고, 획일적인 사고와 생활을 못 견디는 것은 정서불안증 환자라고 합니다. 욕심 많고 불안증 환자라해도 날마다의 새로움에 기대를 가지고 살고 싶습니다.

드나드는 사람들이 내게는 다 귀하고 고마운 분들이니각각의 다양성을 이해하려 애쓰다 보면 그만이 가지고 있는특성 때문에 나 혼자 재미있는 생각으로 미소 짓곤 합니다.

그렇게 하루하루가 똑같지 않은 것은 긴장과 편안함이교차되기 때문입니다. 주거 공간이자 일터인 이곳에서 날마다 변화가 있다는 것은 바라던 일이기에 손님의 말 한마디,행동 하나에도 나름의 의미 부여를 하며 일기를 씁니다.

미국과 유럽 문화에 큰 영향을 끼쳤다는 미국 소설가 거트르드 스타인은, 글을 쓰거나 그림을 그리는 사람들이 행복한 이유는 매일매일 기적을 체험하기 때문이라며 "기적은정말 매일 오니까요."라고 했습니다. 음식과 차를 대접하고간단히 주고받는 몇 마디의 대화는 살아 있기에 이루어진기적 같은 만남이 아닐까요.

바쁜 중에도 한번 다녀갔을 뿐인데 찻집 주인의 자녀들을살펴주는 마음이 고맙습니다. 그분을 변함없이 정성스럽게대할 뿐입니다.

씨줄과 날줄

"몇 살이세요?"

"손님하고 동갑이요."

빠르게 튀어나오는 대답에 처음 보는 손님이 우두커니 나를 바라봅니다. 동시대를 사는 이들은 다 한 동갑이라는 생각에 나도 모르게 튀어나온 말이지만, 나이를 감추고 싶은 마음이 숨어 있습니다.

"나 몇 살로 보여요?"

손님이 물어오는 이런 질문은 빨리 대답하기가 어렵습니다. 묻는 사람은 이미 자신이 바라는 나이의 숫자를 기대하고 있는데, 엉뚱한 숫자로 기분을 망치게 되지나 않을까 싶어 잠깐 갈등하게 됩니다.

사람들의 모습을 잘 살펴보면 얼굴이나 행동 속에서 나이의 숫자가 나타나기 마련이지만, 나이에 비해 젊어 보인다는 말이 기분 나쁘다는 사람은 없을 것입니다. 그런데 가끔은 젊어 보인다는 말이 놀림을 당하는 기분이 들 때가 있습니다. 무언가 억지스러운 꾸밈새라도 했는지, 사람을 헤아리지 못하는 말과 행동이 상대를 불편하게 한 것은 없는지 자신을 점검해 보게 됩니다.

  우리가 나이와 걸맞게 살아야 하는 것은 씨줄과 날줄처럼 자연스럽게 서로 엮여지되 균형을 이뤄야 하기 때문입니다. 노인은 경험을 바탕으로 젊은이에게 지혜를 심어 주고, 중년은 늙음과 젊음의 다리가 되어 화합을 도모하고, 젊은이들은 각자의 자리에서 성실한 역할을 하되 세월을 아끼려는 마음가짐이 있어야 할 것입니다.

  여러 세대가 모여 상대의 말을 경청하고 이해하려 한다면 가족관계는 물론 기성세대와 젊은이들과의 소통도 잘될 것입니다. 나이의 턱을 없애고 동시대인의 공통점으로 분위기를 맞추어 간다면 가정이나 직장과 사회 속에서 화합의 장이 빠르게 번질 것입니다.

  연령 차이가 다양하여도 씨줄과 날줄이 서로 잘 엮이듯 자연스럽고 편안함을 느낀다면 나이 숫자는 아무 의미가 없을 것입니다. 갓난아이 앞에서는 아이처럼, 젊은이 앞에서는 그들의 생각을 존중해 줄 수 있는 마음을 넓히고, 노인 앞에서는 그들의 경험 속에 묻어난 삶의 지혜에 귀를 기울이며 다가가기를 힘써야겠습니다.

부엌의 시

카페 오픈을 앞두고 '카모메 식당'이라는 영화를 보았습니다. 특별한 기억으로 남아 때로는 나 자신이 영화 속 주인공처럼 착각할 때가 있습니다.

일본 여자가 낯선 나라, 아일랜드에서 조그만 식당을 경영하며 가게 안에서 일어나는 일들을 그린 내용인데, 스토리보다는 화면 속의 주인공이 가만가만 손님과 얘기하는 소리, 음식을 만들어 내는 손놀림, 창가의 작은 화분 하나의 소품까지도 천천히 바뀌는 영상의 재미에 푹 빠져 본 영화입니다.

누군가를 기다리며 새로운 음식을 만들어 보고, 수없이 커피를 뽑아내며 맛을 봅니다. 빈 탁자를 부지런히 닦고 화초를 보살피며 손님도 없는 가게에서 쉴 새 없이 움직입니다.

첫 손님의 기념으로 젊은 남자에게 언제든지 커피를 그냥 주겠다고 약속합니다. 날마다 와서 공짜 커피를 마셔도 여전히 정성스럽고 친절합니다. 심플한 실내장식과 주인 여자의 수수한 옷차림, 편안한 앞치마가 인상적이었습니다.

어렸을 때 바닷가에 살던 그녀가 날아드는 갈매기에게 자신의 간식거리를 던져 주곤 했는데 어찌나 잘 받아먹고 살이 통통하게 찌는지, 잘 먹는 갈매기를 너무 좋아하게 되어 '카모메(갈매기) 식당'이라고 이름을 지은 것입니다. 갈매기가 죽던 날, 자신의 어머니가 세상을 떠났을 때보다 더 서러워 눈물이 쏟아진 이유를 이렇게 말합니다.

"내가 엄마를 사랑하지 않았기 때문이 아니라 엄마는 말라깽이였거든요."

그녀가 식당을 하는 이유입니다.

아직은 손님이 많지 않은 가게에서 나도 항상 바쁘게 움직이며 즐거운 마음을 간직하려 애씁니다. 하루에 차 열 잔만 팔면서 행복하게 살겠노라고 입버릇처럼 말해 왔습니다.

들꽃을 꺾어 음료수의 빈 캔이나 버리기 아까운 향수병에 꽂습니다. 음식 준비를 하고, 오픈되어 있는 주방의 청결을 유지하려고 잠시 잠깐이라도 손을 놀리지 않습니다.

음식을 만들다 보면 천연의 색깔이나 생김새에 반해 버릴 때가 많습니다. 재료의 특성에 따라 칼질을 달리하고, 그만의 색깔을 유지시키려 애씁니다. 그릇을 골라 음식을 담다 보면, 날마다 하는 일이지만 작은 변화에도 기분이 좋아집니다. 부엌일을 예술 작업하듯 하면 힘든 것은 금세 잊습니다.

음식이 싹 비워진 빈 접시와 차를 말끔히 마신 잔을 씻는 일은 기분 좋은 일입니다. 가족에게 먹을거리를 해 주듯 정성을 쏟았다는 것을 알아주는 사람이 있다면 만족입니다. 음식으로 인한 이야깃거리가 글감이 되기도 합니다.

사람들은 나이 들어 왜 힘든 일을 하고 사느냐고 묻습니다. 부엌일을 못하는 것이 마치 부의 상징이고 신분 상승의 길인 양 말하는 사람도 있습니다. 일이 재미있다고 한다면 이해하지 못할 것이므로 미소만 짓습니다. 남들이 다 귀찮아하는 부엌일을 하면서 아직은 싫지 않은 것에 대한 감사, 일할 수 있는 건강에 대한 감사, 신기할 정도로 많은 식재료를 가꾸어 내게로 보낸 이들의 수고에 감사, 때에 맞는 빛과 비와 바람을 공급하는 창조주에 대한 감사가 있기에, 가족의 식사까지도 귀찮아하는 일상에서 알지 못하는 많은 사람에게 음식을 손수 만들어 대접하는 일이 특별한 일이라 여깁니다.

모든 냄비와 그릇과 주방 물건의 주님

내가 사랑스러운 일들을 함으로써

혹은 당신과 함께 늦도록 있음으로써

혹은 새벽의 별빛 속에서

꿈을 꿈으로써

혹은 천국의 문을 두드림으로써

성도가 될 시간이 없었기에

식사를 준비하고

설거지를 함으로써

성도가 되게 해 주옵소서

부엌을 온통 당신의 사랑으로 따뜻하게 해 주시고

당신의 평안으로 밝혀 주소서

제 모든 염려를 용서하시고

불평 소리를 그치게 해 주소서

방에서나 바닷가에서

사람들을 먹이시기를

즐겨하신 주님

저의 봉사를 받아 주소서

당신께 이 일을 드립니다.

부엌일이 서툴러 힘만 들던 신혼 초에 어디서 스크랩을 했는지 기억나지 않지만, 「부엌의 시」라는 아름다운 시 한 편을 만났습니다. 작자 미상의 이 시가 오랜 세월 동안 나의 주방에 걸려 있습니다.

약력

"부군과 세 따님, 새해에 복 많이 받으세요."

설날 아침 첫 문자 메시지입니다. 가게 주인의 입장에서 먼저 새해 인사를 올려야 하는데 민망합니다.

평범한 60대의 남자는 우리 가게의 특별한 단골손님입니다. 처음 오던 날, 아내와 딸이 식사를 하는 모습이 남다르게 다정하고 정겨웠기에 뚜렷한 기억으로 남습니다. 평범한 모습의 가장, 화장기 없는 편한 모습의 아내는 감성이 풍부하여 우리 가게의 장식 하나에도 가슴에 두 손을 모아 잡고 좋아하는가 하면, 남편의 어떤 말에도 열심히 경청하며 맞장구를 쳐주었습니다.

'어머나!'

'오!'

'그래요?'

그분들이 가게에 올 때마다 느끼는 것은 어떤 사람의 말이라도 진지하게 경청해 주는 모습이 보기에 좋다는 것입니다. 동행한 따님은 늘 웃는 얼굴입니다. 음식이 깔끔하고 맛이 있었다며 이런저런 찬사의 말을 해 주는 그들에게 긍정의 마음을 읽습니다.

그 뒤로 메일을 보내왔습니다. 우리 집에서의 식사 시간이 즐거웠다는 간단한 인사와 함께 자신의 약력을 소개했는데, 간단한 이력과 경력을 적고 지나온 자신의 삶을 일기로 기록하듯 자잘한 일상의 사건이 적혀 있습니다. 오래전부터 알고 지낸 친구처럼 느껴집니다.

답장에 대한 글이 또 올라왔습니다. 이번에는 미국에 사는 친한 친구 부부가 오면 이곳 '풍경'을 방문할 것이라며 그 친구의 약력을 또 올린 것입니다. 자신이나 다른 사람 이야기를 할 때도 이력서 용지에 약력의 격식을 갖춰 나열한 덕분에 전혀 알지 못하는 사람을 알게 되는 장점과 혹여 만나게 된다면 대화가 자연스러워질 것 같습니다.

약력이란 학력과 직업, 경력 정도의 것으로 생각하는데 일기를 적어 나가듯 몇 년도 어느 날 어느 장소에서 식사를 하며 나눈 특별한 대화 한마디와 주고받은 이메일의 일부분을 적었습니다.

길에서 우연히 만난 사람이나 잊지 못할 스승, 절친한 친구나 직장 동료들을 데리고 온 일이 있으면 그 사람에 대한 약력을 적어 메일로 보냅니다. 그래서 처음 보는 사람일지라도 어색하거나 낯설지 않습니다.

흔하게 보는 약력의 형식이 아니라 그 사람의 특색을 표현해 주는 방법이 편안하게 다가옵니다. 한 손님이 올리는 메일을 접하며 나도 특별한 약력을 만들어 봅니다.

특별한 인연

　가게 근처에 직장을 둔 분이 자주 오십니다. 손님과 약속이 있는 날은 항상 먼저 와서 책장 앞에 앉습니다. 직장이나 교회에서 독서모임을 이끄는 것으로 보아 어떤 분인지 짐작이 갑니다.

　그분 별명이 카페 '풍경'의 전도사라고 누군가 말했습니다. 책이 있는 풍경이 좋은가 봅니다. 단골손님 중의 한 분으로 만났지만 이제는 가족처럼 되었습니다.

　어느 날, 그 부부에게 저녁 초대를 받았습니다. 넓은 아파트에 들어서자마자 포만감을 느꼈습니다. 집 안에 책이 가득 차 있었기 때문입니다. 언제나 좋은 일이 터진 듯 경쾌한 목소리의 아내가 정성스럽게 차려 준 만찬을 보고 놀랐습니다. 스테이크 솜씨가 기막힙니다.

그 음식 맛도 좋지만 성향이 비슷한 사람끼리 마음이 맞아 함께 식사하며 담소할 수 있다는 자체가 더할 수 없는 행복감을 줍니다. 살면서 쉽게 만날 수 없는 참 특별한 인연이라 생각합니다.

음식 파는 우리 부부를 집으로 초대하여 식사 대접하는 것만으로도 감사한 일인데, 여행 떠나는 우리에게 용돈을 쥐어 주고, 해가 바뀌었다고 머리통만한 석류 상자를 들고 오는 분들입니다. 그분들의 아름답고 순수한 마음을 받아 행복한 것처럼 나 또한 누군가에게 돌려주며 살아야겠다고 결심합니다.

오늘도 그분들에게 음식값을 받습니다. 늦은 나이에 음식 파는 직업을 가지고 살면서 불편함이 하나 있습니다. 시간이 나면 손님을 집으로 불러들여 음식 대접하기를 즐기고 살았지만, 이젠 우리 집에 오는 분들에게 심지어 가족까지도 음식값을 받아야 하는 불편함입니다. 마냥 신세를 지고 사는 마음입니다.

우리 가게에 오는 분들은 하나님이 나에게 보내 주신 소중한 손님이라 여기고 최선을 다하며 사는 것이 특별한 인연으로 만난 K박사 부부뿐만 아니라, 모든 분들에게 받은 은혜에 보답하는 길이라는 생각입니다.

그녀의 소박한 소원

함박눈이 쏟아지는 저녁, 혼자 찻집을 들어온 미모의 여인이 창가 자리에서 술을 마십니다. 여기저기 전화해서 사람을 불러내는 것 같지만 늦은 밤 그녀와 상대해 줄 사람이 없나 봅니다. 술이 좀 취했다고 느꼈을 때 머뭇거리며 내게로 옵니다.

"사장님, 저하고 이야기 좀 할 수 있어요?"

뭔지 복잡한 얼굴이 궁금하기도 하고, 정신과 의사는 두 시간 이상 환자의 말을 들어주는 것이 치료법이라고 한 말이 생각나 마침 늦은 밤이어서 손님도 없고 뭔가 도움이 돼 주기를 바라며 마주 앉습니다.

22살의 어린 나이에 남자를 만났다고 합니다. 남자는 술

집을 운영하며 평범하지 않은 생활을 했지만, 경제적으로는 큰 어려움이 없어 아들을 낳고 정식으로 혼인신고까지 했답니다. 평범한 가정주부로서 행복을 느끼며 살아 보려고 노력했지만, 남자가 또 다른 여자와 동거를 해 부부 생활이 파탄이 난 것입니다. 마음은 늘 밖에 있으면서 아내를 힘들게 해도 아들만은 잘 키워 보려고 애쓰며 살았습니다. 그러던 중 남자가 갑작스러운 사고로 세상을 떠나고 나니 미워하던 마음이 조금은 연민으로 남아 허전한 마음을 달래고 있는 중이라고 합니다.

재산은 살고 있는 여자가 다 챙겨 갔고, 남편의 기일마저 큰집에서 지낸다고 하니 떳떳하게 참석하지 못하는 마음이 심란하여 나왔다고 했습니다. 어린 나이에 첫정을 준 남편이 원망스러운 것도 힘든데, 현실을 책임 있게 이끌어 줄 사람이 주변에 없는 듯합니다.

앞뒤도 없고 횡설수설인 그녀의 말을 들으니 측은합니다. 이름과 연락처를 적어 주는 그녀를 이유 없이 도와주고 싶습니다. 미모의 여인은 여자인 나도 또 만나고 싶게 만듭니다. 40대 초반의 나이에도 오래전 시대를 사는 여인처럼 순수한 모습이 엿보여 보호해 주고 싶은 생각이 듭니다.

말릴 틈도 없이 만취한 상태로 차를 몰고 가 버린 그녀가 걱정이 되어 이튿날 전화했더니 고맙다고 인사를 합니다. 이런저런 이유로 그녀와 자주 만나게 되고 가게 일을 도와주는 사이가 되었습니다. 같이 있다 보니 툭툭 내뱉는 말 속에 그녀의 과거가 보입니다.

"미인 박복이라더니 울 엄마는 굉장한 미인이었는데 작은 여자로 살다 갔어요."

"우리 남편은 조강지처가 따로 있었어요. 정식으로 결혼한 여자는 아니지만."

"우리 남편은 정력에 좋다는 음식은 별 희한한 것도 다 만들어 달라고 했고 안 해 줄 수가 없었어요. 무서워서."

"친구와 잠을 자는데 내가 막 욕을 하더래요. 한이 많아서 그런가 봐요."

꼼짝달싹 못하게 하는 남자와 살다 보니 여행은 한번도 못 갔다는 말에 함께 일하던 사람들과 섬 여행을 다녀오기로 했습니다.

'외도'로 가는 배 안에서 갑자기 바람이 일고 파도가 높아지니 마음이 심란해하는 것 같아 물었습니다.

"무서워요? 배 안 타 봤어요?"

그녀는 웃지도 않고 대답합니다.

"사는 것이 심란해서 배 많이 타 봤어요."

그녀가 말한 배의 의미는 다른 곳에 있음을 그녀의 눈빛 속에 애린 바람이 불고 있는 것을 보고 알았습니다.

오랫동안 지켜보았지만 별로 흠잡을 곳이 없는 여자입니다. 정상적인 가정생활을 하고 있다는 이유만으로 나를 부럽다고 말하는 그녀에게 지난 과거를 다 보듬어 안고 변함없는 사랑으로 보호해 줄 남자가 생기면 좋겠습니다.

평범한 가정주부로 살고 싶다는 한 가지 소원이, 왜 그리도 어려운 일인지 모르겠다며 그녀의 눈에 이슬이 맺힙니다. 그녀에게 과거가 있다고 하여 돌을 던질 수 없습니다. 정숙함은 남자가 만들어 주는 것이니까요.

그녀는 지금도 가장 노릇하며 열심히 일하고 있을 것입니다. 그녀의 모두를 품어 안고 소박한 소원을 풀어 줄 가슴이 넓은 그런 남자가 어디 없을까요?

3

한 해의 마무리

할머니의 봄밤

초저녁에 60대 여자 손님이 왔습니다. 전통차를 마시고 가게를 둘러보다가 책장 앞에 오래 머물더니 자신과 깊은 인연이 있는 책을 만났다며 반갑게 책을 빼어 껴안습니다. 잠시 대화 중에 국문과를 나온 꿈 많은 문학소녀였다는 것을 알았습니다.

서비스 공간으로 꾸며 놓은 옥상을 구경해도 되느냐고 묻기에 함께 동행해 주었습니다. 계단을 올라 밖으로 나서는 순간 봄밤의 싸한 공기가 상쾌하게 전해 왔습니다.

"어머나, 어머나! 나 어쩌면 좋아."

느닷없이 나를 끌어안고 방방 뛰는 부인을 나도 엉겁결에 끌어안았습니다. 눈앞에 펼쳐진 봄밤의 풍경이 이 나이 든 여자의 마음을 흥분되게 한 것임을 금방 알아차렸습니다. 이제 잎이 트기 시작한 나뭇가지 사이로 기차가 지나가고 밝은 보름달이 둥그렇게 떠오르고 있었습니다.

　나이가 들어가며 감성이 무뎌짐을 느낍니다. 현실의 문제 속에 아름다운 것을 자꾸 놓치고 갑니다. 슬픈 일입니다. 사는 일이 가슴 떨리게 신나고 기쁜 순간은 많지 않습니다. 다만 생명이 없는 것일지라도 모든 사물에 말을 걸며 살려고 애쓸 뿐입니다. 그러다 보면 내 삶의 언저리에 모든 것들이 스승이 되고 친구가 되고 동반자가 됨을 느낍니다.

　잠시 봄밤의 아름다운 풍경을 보며 각자 상념에 잠깁니다. 할머니의 아름다운 봄밤이 이렇게 지나가고 있습니다.

과거 현재 미래

노트북을 들고 와서 글을 쓰다 가는 손님이 있습니다. 과묵한 인상이어서 글 쓰는 분이냐고 묻지도 못하다가 몇 번째 오고 나서야 그림을 그리는 사람이라는 것을 알았습니다. '누구나 쉽게 그림을 접할 수 있는 방법'에 대하여 청탁받은 글을 쓰는 중이라고 합니다.

여러 번 다녀간 후에야 자신의 화집 하나를 주었습니다. 빨간색으로 일관된 사각형 속에는 작은 흰 점이 수없이 있을 뿐 아무것도 없는 그림의 제목들은 「무제」가 대부분이었습니다. 그중에서 「과거 현재 미래」라는 제목이 궁금했습니다.

모네는 세밀하게 점을 찍어 새로운 회화 기법으로 그림을 그렸던 신인상파 화가인 '쇠라'를 향하여 "파리가 똥을 싸 놓은 것 같다."고 폄하를 했다는데, 나는 손님이 준 화집을 보며 잘 익은 보리수 열매가 생각날 뿐, 도무지 제목과 연관을 지을 수가 없었습니다.

과거와 현재, 그리고 미래는 결국 똑같다는 어느 스님의 말에 영감을 얻어 그렸다는 설명을 듣고 나서야 수없는 점은 화가의 일상임을 알았습니다. 평범치 않은 자신의 이야기를 사각의 붉은색 속에 점으로 찍어 '과거 현재 미래'로 표현했음을 이해한 것입니다.

"저는 캥거루족이예요. 54년을 부모가 먹여 살려 주고 있거든요."

순수한 그림이 나오지 않을까 봐 그림을 팔아 본 적이 없다는 화가는 평생 부모의 보호 속에서 그림만 그리며 살았다면서 자신을 캥거루로 표현합니다.

그가 아내와 동행하던 날, 갓 지난 연애 사연을 말해 주듯 아내는 내게 맑은 얼굴로 이야기를 해 줍니다. 사랑하는 사람과 유학길이 엇갈려 15년 동안 떨어져 있다가 공항에서 만나는 날, 마중 나온 여자가 15분 정도의 시간이 늦었다고 삐쳐서 혼자 자기 집으로 가 버렸다고 했습니다. 그런 고집불통과 별난 성격을 감싸 안으며 50 중반의 길을 가는 아내의 모습은 딴 세계의 사람처럼 느껴집니다.

 현실적이지 못한 남편을 끌어내리기보다 자신도 그 삶을 즐기고 살았다는 듯 슬픈 이야기를 편안하게 웃으면 들려줍니다. 그 부부의 일상이 예나 지금이나 변함없는 점으로 찍히고 있는 것입니다. 예술이라는 공감대 외엔 보통 사람들이 갖추고 살아가는 조건은 없지만, 잘 맞물리는 톱니바퀴처럼 느껴집니다.

 누구도 이해할 수 없는 그들만의 언어와 모습은 남의 시선 따위는 아무 관심이 없어 보입니다. 어떤 치장도 하지 않은 아내의 당당함이나 지갑도 없이 차 한 잔 값을 꾸겨 주머니에 넣고 글을 쓰기 위해 찻집으로 오는 화가에게서 아직 돌아오지 않은 그들의 미래가 그려집니다.

 수없이 지나온 세월, 지나고 있는 현실과 미래는 불교에서 말하는 업의 흔적입니다. 그들이 살아온 모습이 그림 속에 그대로 나타나 빨간 바탕 속에 흰 점들로 이루어진 순수한 생활 그대로 과거와 미래를 말하고 있는 것입니다. 그들의 삶으로 찍어 가는, 잘 익은 보리수 열매처럼 자연스럽고 편안한 색깔이 더없는 자유스러움으로 느껴집니다. 올곧은 하루의 삶을 붉은색 속에 들어찬 수많은 점으로 찍혀 미래를 만들어 가고 있는 것입니다.

지금 이 순간, 나도 나의 미래를 점찍고 있는 귀중한 순간임을 생각하게 합니다.

메모 쪽지

    혼자 찻집을 찾는 것은 특별한 경우입니다. 혼자서 술을 마시는 남자나 글을 쓰기 위해 오는 손님이 있지만, 여자 혼자 오는 일은 드뭅니다. 혼자 와서 책을 보고 가도 되냐고 묻기는 하지만, 책을 보려고 혼자 오는 손님은 없습니다. 혼자 오는 손님에게는 대화 상대라도 되어 주어야 할 것 같은 마음이나, 과잉 친절이 불편을 주는 일이라 생각되어 눈길을 피하게 됩니다.

    문 열자마자 30대 후반의 여자가 혼자 와서 아침부터 맥주를 시킵니다. 음식을 가져갈 때마다 묻지도 않는 자기 이야기를 합니다. 정신과에서 우울증 치료를 받고 오는 중이라며 수시로 자살 충동이 느껴져서 자식을 두고 죽을 수 없도록 외출할 때는 언제나 네 살 먹은 딸아이를 데리고 다닌다고 합니다. 어린 딸을 둔 엄마의 자살 충동은 남편의 의처증이 날로 심각하여 견딜 수가 없다는 이유입니다. 안 해 본 일없이 열심히 살았다는 그녀의 말을 들어주기만 합니다.

꽤 괜찮아 보이는 사람 중에는 질이 나쁜 배우자를 만나게 되는 경우가 많습니다. 모든 인연은 하나님의 계획이라고 하니 환자와 의사의 관계로 짝을 지어 주시나 봅니다. 여러 병의 맥주를 마셨는데도 단정하게 걸어 나간 뒤 그녀가 앉았던 탁자에 메모 쪽지가 놓여 있습니다.

우연히 지나던 길가, 낯선 카페에 들어왔다.

내 집같이 편안하고 단아한 주인장의 모습에 마음이 편안하다.

왠지 자꾸만 발길을 하고 싶은….

20년 전 포장마차를 시작해 지금에 오기까지 왜 나는 더 이상 일어서지 못하고 기운을 내지 못하는 것일까? 그게 아니라 내 스스로 내 자신을 묻어 버리는 거다. 더 이상 올라가야 할 이유가 없으니….

난 무엇을 위하여 꽃 같은 세월을 악을 쓰며 여기까지 왔나.

엄마가 보고 싶다.

난 우리 엄마처럼 어느 날 훌쩍 가 버리지 않을 것이다.

적어도 내 딸이 내 손주를 낳을 땐 옆에서 손을 꼭 잡아 주리라.

나처럼 외롭지 않게.

_ 너무 이쁜 카페에 앉아

딸을 동행하지 않은 오늘 그녀가 어떤 하루를 살았을까 궁금합니다. 엄마의 자살 후로 스스로 경제적 책임을 지고 열심히 살았지만, 남편은 무능한 알코올중독자에 의처증 환자여서 견디기 어려운 아픔을 누구에게라도 털어놓고 싶었나 봅니다. 열심히 살아온 대가도 없으니 지나간 아픈 기억을 떠올리며 죽고 싶은 심정인 듯합니다. 어린 딸에게 자신과 같은 상처를 주지 않으려고 안간힘을 쓰는 이 여인에게 무슨 위로가 필요할까요.

한 해의 마무리

　무슨 이유인지 모르겠습니다. 사람을 집으로 불러들이는 일은 신경 쓰이고 번거로운 일이라는 것을 늘 경험하고 살면서도 누구인가 나를 자꾸 부추기는 것을 느낍니다.

　먹을거리가 귀한 시대도 아니니 음식 대접의 이유도 아닙니다. 성격이 활달하여 즐기는 사교의 장도 아닙니다. 사업적인 수단도 아니고 무엇을 과시할 만한 것도 없습니다. 그럼에도 사람을 불러들입니다.

　올해도 사람 속에서 정신없이 살았습니다. 미국에서 막내딸 식구가 와서 50여 일 함께 지냈고, 어머니가 와 계셨고, 둘째가 아기를 낳고 백일을 함께 지냈습니다. 가게 일과 식구들 일로 위아래로 오르내리며 바쁘게 살았습니다. 너무 분주하게 살지 않으려고 다짐하면서도 여전히 일을 만듭니다.

12월은 사람 생각을 많이 하게 됩니다. 가게에 묶여 사람을 찾아다니지 못하고 살다 보니 사람을 만나면 습관적으로 집에 오라는 말을 자주 하고 연말이라 몸도 마음도 바쁜 때에 사람을 불렀습니다.

우리 찻집에 오는 손님 중에 아름다운 모습으로 기억되는 일곱 부부를 초대했습니다. 한 팀은 여행을 가게 되어 참석을 못했고, 한 팀은 갑자기 일이 생겨 불참했습니다. 막상 초대를 해 놓고 생각하니 좋은 시간을 만들어 주어야 한다는 부담감이 생깁니다. 낯모르는 사람들끼리 만나 어색한 분위기로 불편함을 주지나 않을까 염려됩니다.

몇 가지 음식을 정성껏 준비한 것 말고는 어떤 프로그램을 짠 것도 아니어서 자꾸 신경이 쓰였지만, 내가 알고 있는 그 사람들의 정서로는 잘 어울릴 것 같습니다.

일찍 와서 상차림을 도와준 부부, 언제나 유쾌하게 잘 웃는 부부는 평소와 달리 깔끔한 정장 차림이어서 기분을 좋게 합니다. 초대해 줘서 무척 행복하다던 부부는 얼굴이 약간 상기된 채 들떠 있습니다.

음식을 먹으며 와인의 취기가 오를 무렵 60대 중반의 남자 분은 스스로 노래를 자청하여 부릅니다. 두 손을 가운

데 모으고 가곡과 외국 명곡 찬송가를 부르는 모습이 초등
학교 소년과 같아 여러 사람을 즐겁게 합니다. 성악 전공자
라는 소개에 곧바로 박수가 나오고 세련된 노래를 듣습니
다. 남자들끼리 부른 곡은 자연스럽게 테너와 베이스로 나
누어진 곡이어서 감동스럽습니다.

한 분은 본 윌리엄스(Vaughan Williams)가 영국 시인 조
지 메러디스(George Meredith)의 「종달새의 비상」이라는
시를 읽고 감동받아 곡을 만들어 그 시대 최고의 바이올린
연주자였던 마리 홀(Marie Hall)에게 헌정했다는 해설을 꼼
꼼하게 복사하여 읽어 보게 한 후 18분짜리 음악을 함께 들
어 보자는 제의에 누구 하나 숨소리도 내지 않고 음악 감상
을 합니다.

자신의 애창곡을 함께 들어주었다는 것만으로도 너무나
행복한 시간이라며 나이답지 않은 흥분된 모습입니다. 5월
의 안개 속에 피어난 싸리 꽃처럼 순수함이 느껴집니다. 젊
은 부부는 생활의 사소함에서 감사의 조건이 너무나 많다
는 좋은 글귀를 준비해 와서 낭독합니다. 서로의 모습을 존
중해 주고 어떤 말도 경청해 주며 즐거운 시간을 보내고 늦
은 밤까지 함께 웃었습니다.

가정의 안정이 어려워지는 시대에 늘 웃음을 잃지 않고 서

로 바라보는 가족의 비결이 무엇인지 생각하게 하는 귀한 시간이었습니다. 소통이 중요함을 강조하는 때입니다. 가정과 일터, 공동생활과 정치경제, 이념의 문제까지 서로의 소통 없이는 화합이 될 수 없습니다. 너와 나의 개성이 너무나 뚜렷하여 무섭기까지 한 시대 속에 살고 있습니다.

어색할 것만 같았던 낯선 사람들끼리의 모임이 밤늦도록 웃고 떠들며 즐거웠던 이유는 서로 배려하려는 마음이었습니다. 아무런 조건이 없이 순수하게 준비한 연말 파티가 모두에게 좋은 기억으로 남길 바라는 마음에 피곤함도 다 잊었습니다. 색다른 경험이었습니다.

지금 내게 필요한 것은 어떤 목적으로 오가는 사람이 아니라 계산할 줄 모르는 순수하고 편안한 사람들입니다. 사람으로 지친 마음을 사람으로 위로받으며 한 해를 마무리합니다.

정당한 대가

"여기 오면 맘이 편안해요."

꾸준히 가게를 찾는 단골손님입니다. 손님에게 듣는 말 중에 어떤 표현보다 이 말이 좋습니다.

가정집 같은 분위기 속에 화초와 조용한 음악, 책이 있는 풍경 때문인지 편안하다는 말을 많이 듣습니다. 현대인의 분주함과 시끄러움에서 잠시 쉬어 갈 수 있는 곳으로 여겨진다면 더할 수 없는 성공입니다.

그 편안함을 유지하기 위해 수중발레를 하듯 보이지 않는 발놀림과 호흡이 차도록 움직임의 동작을 멈출 수 없습니다. 화초 하나하나가 잘살고 있는지 살펴야 하고, 가족을 먹이려는 마음으로 만드는 음식은 손이 많이 갑니다. 청결을 위해 구석구석 청소하는 일이 만만치 않습니다. 그러나 직업으로 감당할 내 일이라 생각하면 대가가 따르는 일이니 힘들지 않습니다.

손님 중에는 흰 천으로 손수 만들어 입는 하얀 앞치마에 관심이 많습니다. 특별한 것도 없는 앞치마이지만, 정갈함을 유지하기 위해 날마다 세탁하여 삶고 다리는 불편함이 있습니다. 편안함을 주는 일이니 귀찮은 일을 즐겁게 하려고 애씁니다.

꽃꽂이를 하다 보면 공식적인 이론에 앞서 주지와 간지가 어느 방향으로 잡아야 자연스러움과 편안함이 느껴지는지의 고민입니다. 편안하게 느껴지는 것들은 보이지 않는 노력이 뒤따릅니다.

그 노력은 인생살이와도 같아 늘 평탄하게 살아가는 사람들은 그만한 대가를 치르고 있음을 봅니다. 그들은 무엇을 이룰 것인가 눈에 핏발을 세우기보다, 어떻게 살 것인가 생각하며 쉼 없이 노력하는 대가를 치르는 것입니다.

사람이 한세상을 살아가며 이런저런 일을 겪지만, 그 마음에 참 평안이라는 집을 짓고 흔들림 없이 살게 되고 어려운 일을 겪을 때에도 남의 눈에는 순탄하게 느껴지는 것입니다.

정갈하고 편안해 보이며 엄마 생각을 나게 한다는 흰 앞치마를 깨끗하게 유지하기 위해 삶고 다리는 수고는 정당한 대가라 투정할 수 없습니다. 그 일이 귀찮고 힘들어도 누군가에게 편안함을 주기 위함이기 때문입니다.

가르치고 배운 것

늦은 밤, 50대의 여자가 혼자 들어와 구석 자리를 잡습니다. 낯익은 얼굴로 보아 몇 번 왔던 사람인데 얼굴이 굳어 있어 인사를 해도 반응이 없습니다. 생머리에 오뚝한 콧날임에도 눈빛에는 자기 의지력이 없어 흔들리고 있음을 느낍니다. 구석 자리에서 주문도 하지 않고 한참을 있던 여자가 부릅니다.

"좀 취하고 싶은데 뭐가 좋을까요?"

자동차를 끌고 와서 술을 마시겠다는 여자에게 무슨 고민이 있을까, 생각하는데 잠깐 얘기할 수 있느냐고 묻습니다. 이야기를 들어주어야 할 것 같아 대충 할 일을 정리하고 가벼운 와인 한잔을 내어주며 마주 앉습니다.

남편에게 포악을 부리고 무작정 나왔는데 막상 갈 곳이 없었답니다. 찻집 주인이라는 것 말고는 아무것도 모르는 내게 자신의 이야기를 두서없이 풀어 놓습니다. 그에게는 미안한 일이지만, 흔하게 있는 부부 갈등의 이야기입니다.

자신은 꽤 잘나가던 여자였는데 남편을 만난 뒤로는 자신의 모든 것을 남편에게 의탁하다 보니 남편 없이는 무엇도 할 수 없는 무능력자가 되었다고 합니다. 문제는 최근에 남편이 애정 표현도 없고, 친정에도 소원하며 길을 가도 떨어져 걷는다며 그럴 때마다 여자가 생겼다고 의심하게 된다고 했습니다. 50대의 여자가 하는 말치고는 철이 없다는 생각을 하면서 하소연을 듣다 보니 문제의 원인이 드러납니다.

앞날의 운세를 기막히게 잘 점친다는 사람에게서 오래전에 들었던 이야기가 발단인 것 같습니다. '50대에 남편이 죽든지 여자가 생긴다.'는 말을 들은 것이 화근임을 알았습니다. 그 말이 그녀를 평생 쫓아다녀 헤어나지 못할 거라는 생각이 드는 것은, 이미 남편에 대한 신뢰를 스스로 깨 버리고 있었기 때문입니다.

내가 알고 있는 적절한 비유를 들어가며 얘기해 주다 보니 마음이 편해졌는지 웃기도 하고 조용히 생각도 합니다. 와인 한잔의 취기가 가실 무렵, 쌍화차를 정성스럽게 포장해서 그녀에게 건네주었습니다.

"내가 여태 들어보니까, 그만한 남편 어디 가서 찾기 힘든 분이네요. 자! 빨리 집에 가요. 차 한잔 마시며 생각하니 그 동안 너무 고마웠노라고, 앞으로 당신한테 받은 사랑 갚으며 살겠노라 말하고 이것 갖다 드려요."

약간의 미소와 고마움의 눈빛으로 여자가 가고 난 뒤에, 내가 한 말들을 생각해 봅니다. 그 여자에게 해 준 말은 다 내게 해당되는 이야기입니다. 아무리 좋은 비유와 이론을 많이 알고 있어도 오늘 한 가지 실천이 중요한 법인데 나를 향해 반문해 봅니다. 받은 사랑을 얼마나 갚으며 사느냐고.

신경안정제로 잠이 잘 온다는 대추차를 준비합니다. 내가 그 여자에게 가르친 그 말을 나도 남편에게 그대로 해 보려고 연습을 합니다. 내가 나를 가르치고 있었다는 사실을 그 여자는 모를 것입니다.

4

날마다 떠나는 여행

남은 내 생의 시간표

나이가 들어가는 것은 세상의 욕망을 하나씩 내려놓는 과정입니다. 함께하던 이들이 떠나가는 것을 보며 붙들고 있던 욕심도 하나 둘 내려놓게 됩니다. 분신처럼 보살펴 키운 아이들을 독립시키며 마음의 이별을 몇 번 겪고 나니 아끼던 그 어떤 것도 내려놓을 수 있는 마음이 됩니다.

가족만큼 사랑스럽고 따뜻한 것은 없습니다. 한 이불 속에서 잠들고 한 상에 둘러앉아 밥을 먹으며 아무리 흐트러진 모습을 해도 편안하게 받아 주는 관계가 바로 가족입니다. 극한에는 생명까지도 내어줄 수 있는 관계지만 때로는 사랑이 넘쳐 아픔이 되기도 합니다.

자식을 다 결혼 시켜 내보내고 다시 신혼이 되었다며 둘이

서 허탈한 웃음을 웃다가 눈물이 납니다. 빈방을 자꾸 바라보다가 허전함이 밀려오면 그들의 행복한 모습을 상상하면서 마음을 달랩니다. 자식도 타인이라며 마음이 정돈될 즈음이면, 그들도 어느새 부모가 되어 있는 것입니다.

자신이 택한 배우자와 영원히 행복할 것 같은 아이들 모습이 변함없기를 바라며 남은 내 생의 시간표를 다시 짭니다. 빈방을 새롭게 꾸며 훌쩍 집을 떠나고 싶은 사람이 있다면 삶의 충전을 위한 장소로 제공해 주고 싶습니다. 빛이 잘 드는 방에 따뜻한 돌침대와 책장을 그대로 두고, 차와 음악을 들을 수 있도록 준비합니다.

살아오면서 후회되는 일은 몸이 아픈 사람에게 자주 찾아가지 못한 일입니다. 몸이 자유롭지 못하다면 정성스러운 편지를 쓸 수도 있습니다. 무엇보다 말은 줄이고 상대의 말을 정성스럽게 들어주며 말하는 이의 마음을 읽어 낼 수 있는 지혜를 터득하고 싶습니다.

이 땅에 사는 동안 바람이 있다면 늙은 몸이 누군가에게 짐이 되지 않도록 건강하게 사는 일이요, 부담스러워 피해 가는 사람이 아니라 무언가 푸근한 가슴으로 누구라도 품을 수 있는 노인이 되는 일입니다.

그 아름다운 마무리는 수고와 손해 없이 주어지지 않을

것입니다. 좋은 생각을 실천으로 바로 옮기려면 미루는 게 으름의 싹을 잘라야 합니다. 작은 실천이 큰 보람이 되어 아름다운 노후를 맞아 어떤 보상 심리로 실망한다 해도 상관하지 않겠습니다. 선행이 자식의 자식들까지 이 땅에서 아름다운 모습으로 살 것이라는 계산된 것이라도 좋습니다.

마무리를 준비하는 것도 생각하기 나름으로 복되고 아름다운 일일 것입니다. 노인은 무슨 재미로 살까 궁금했던 젊은 날의 떫은 생각이 어처구니없는 망상이었다는 사실을 스스로 느끼며 살고 싶습니다. 남은 내 생의 시간표에 충실하고자 다짐도 해 봅니다.

꿈을 꾸며

나는 꿈을 믿습니다. 꿈꾸고 있는 것을 잠시도 내려놓지 않고 붙들고 살면서 꿈에 준하는 행동을 하고 준비했습니다. 그러다 보니 어느새 자신이 그 자리에 와 있었습니다. 그것을 한번이라도 경험한 사람이라면 또다시 새로운 꿈에 도전하면서 긍정의 힘을 키워 나가리라 믿습니다.

나 자신이 무슨 굉장한 꿈을 이루고 성공했기 때문은 아닙니다. 카페 경영을 하면서 나이 들어가는 것도 좋을 것이라 여겨 가망에도 없는 땅을 구입하는 상상도 하고, 시간 날 때마다 노트에 준비물을 구체적으로 적어 놓고 당장 오픈할 사람처럼 준비했습니다.

"하나님! 큰 것도 필요 없구요. 나 혼자 경영해도 될 만큼 작은 가게 하나 할 수 있게 해 주세요."

까마득한 오래전의 꿈이 현실로 되어 아침이면 부지런히 움직여 내게 주어진 일에 감사하며 하루를 시작합니다. 올 해는 비좁은 주차장을 넓히는 꿈이 실현되었고, 일을 도와 줄 좋은 사람들도 만났습니다.

나는 잠 속에서 꿈이 많은 편입니다. 한 가지 꿈을 꾸다 가 깨어서 다시 잠들면 꾸었던 꿈을 밤새 꿀 때도 있습니다. 그 꿈이 앞일을 맞추고 위험한 문제를 해결해 주는데 딱 맞지는 않습니다. 그래도 꿈속에 나오는 사람을 낮 동안 생각을 했거나 쓸데없는 근심 걱정을 했던 일이 꿈으로 나타나는 편이 많습니다.

때로는 꿈이 너무 정확하게 맞아 섭리자의 존재를 무섭게 느낄 때가 있습니다. 이미 저세상으로 떠난 사람과 만나기도 하고 오래전에 알고 있던 사람을 만나기도 합니다. 그럴 때마다 우주 공간에 분명 우리가 알지 못하는 또 다른 세상이 있을 것이라는 신비스러움이 쌓이게 됩니다.

꿈이 이루어지고 꿈이 딱 맞아떨어지는 현상을 경험하며 이 땅의 삶이 함부로 살 수 없는 곳이라는 생각입니다. 잠 속에서의 꿈처럼 생활 속에서도 늘 아름다운 생각으로 거창한 꿈을 꾼다면 바보스럽고 욕심만 많아서가 아닐 것입니다.

　꿈을 꿀 때 기분 좋은 것이면 좋은 꿈이라고 합니다. 현실 속에서도 좋은 생각을 끊임없이 하다 보면 좋은 일이 넘쳐 날 것입니다.

마무리의 시작

평범한 시골 마을에 평범한 집을 짓고, 오래전부터 꿈꾸어 오던 일을 시작했습니다. 두 사람이 생활하기에 가장 기본적인 살림살이 외에 아무것도 없는 단순한 살림집을 꾸미고, 한 계단을 내려오면 나의 직장이며 기도처가 되는 곳에 취미 생활의 공간까지 꾸몄습니다.

음식을 만들어 누군가에게 대접하고, 청결한 공간에서 차를 마시며 책을 맘껏 볼 수 있는 북 카페를 차린 것입니다. 건강이 허락한다면 일을 병행하며 좋아하는 생활을 하고 싶었기 때문입니다.

일거리가 많은 살림살이의 연속이지만 지금껏 하던 어떤 일보다 새로운 일터에 대한 마음가짐은 늘 새롭습니다. 게

으름을 피울 시간이 없습니다. 부지런히 준비하고 계단을 내려오는 출근길이 즐겁습니다. FM음악의 볼륨을 한껏 높여도 신경 쓰일 일이 없는 주변 환경에 감사하며 하루를 시작합니다.

차를 끓이고 음식을 만드는 노력의 대가로 돈을 받기에 한 사람의 손님도 내게는 소중합니다. 입에 발린 감사보다는 고맙다는 표현을 쓰게 됩니다. 나이의 숫자를 의식하지 않으려고 노력합니다. 노인의 삶이 그저 우울하고 궁상맞은 것이라는 젊은 날 품었던 편견을 바꾸어 보려는 안간힘일지도 모릅니다. 그럴지라도 나이 듦을 거스르기로 한 자신에게 칭찬해 줍니다. 덕분에 숫자에 현기증을 일으키는 내가 계산법이 빨라지고 내성적인 성격이 변해 처음 대하는 사람과의 어색함도 줄었습니다.

바라던 것을 성취하면 또 다른 바람이 생기는 법입니다. 두 사람이 살기에는 넉넉한 공간을 누구나 편하게 드나드는 쉼터의 장소로 만들고 싶습니다. 조용한 시간이 필요한 이들에게 부담 없이 장소를 제공해 주고, 가게가 번성한다면 여유롭기를 즐기기보다 다 풀어내며 살고 싶습니다.

사람을 만나면 자주하는 말이 있습니다.

"좋은 생각 많이 하며 살아요. 생각대로 될 거예요."

좋은 생각은 곧 현실로 이루어짐을 믿습니다. 그래서 좋은 생각도 하루 일과의 한 부분일 정도로 상상의 나래를 펴고 말로 표현합니다. 표현은 자신과의 약속이기 때문이기도 합니다. 늦은 나이의 새로운 시작은 적당한 긴장과 더불어 생에 활력을 주는 마무리의 시작입니다.

날마다 떠나는 여행

날마다 여행을 꿈꾸며 삽니다. 모처럼 여행에서 돌아오면 다시 떠나고 싶은 것이 여행이지만, 나를 붙들고 있는 것들이 많습니다. 그러나 늘 밖으로 향해 있는 마음을 보듬어 주는 나만의 호젓한 여행 비법이 있습니다.

그 여행은 언제나 혼자지만 외롭지 않습니다. 여행에서 만난 이가 쉼 없이 들려주는 이야기를 정성스럽게 들어주다 보면 새로운 곳을 발견하고 어느새 세상의 시름을 다 잊고 여행의 풍경 속으로 빠져 버립니다.

그곳은 언제나 새로운 사람을 만나게 되고, 그 사람은 지금 겪고 있는 나의 문제의 해결사가 되어 주며, 몰랐던 나의 실체를 새삼 들여다보게 해 주는 기도가 되기도 합니다. 때로는 열렬한 연애 속에 빠지고, 소원해진 배우자와의 관계 개선에도 좋은 약을 처방해 줍니다.

삶의 좁은 테두리 안에서 떠나는 여행은 언제나 넓고 새로운 세상을 만나게 됩니다. 그 여행이란 독서 시간입니다. 친구가 많은 것도 아니고, 이름 붙여진 각종 모임이 숱하게 많은 것도 아니지만, 늘 나를 향해 손짓하는 이가 있어 외롭지 않습니다. 청소를 끝낸 후 차 한잔과 시작하는 이 시간은 세상의 어떤 즐거움과 비할 수 없습니다. 무엇보다 여행을 통하여 만난 인연은 누구보다 소중하여 변함없는 관계로 지속됩니다. 책을 보다가 좋은 글귀가 있으면 곧바로 문자를 보내게 되는 친구가 있고, 어떤 대목은 누군가에게 적절하게 적용될 것 같아 따로 모아 두기도 합니다.

이런저런 이유로 나에게 좋은 사람들을 알게 해 준 것도 독서 여행 덕분입니다. 요즘 『건지 감자껍질파이 북클럽』이라는 책을 여행했습니다. 독서광인 단골손님이 추천해 준 여행입니다.

이 여행은 '메리 앤 섀퍼'가 예순이 넘어 마무리한 생애 첫 작품이자 유고집이 된 소설입니다. 독일군에게 점령당한 영국 영토인 건지섬 마을 사람들의 사연을 실화로 그린 것입니다. 2차 세계대전 종전 이듬해인 1946년의 배경은 영국 최

남단의 건지섬, 주인공 '줄리엣 애슈턴'은 생면부지의 '도시 에덤스'로부터 편지 한 통을 받습니다. 중고로 구한 영국 수필가 '찰스 램'의 책이 줄리엣의 소유였음을 안 도시가 램의 다른 책을 구할 수 있는지 문의하는 편지입니다. 이 편지를 시작으로 독일군에게 점령당한 건지섬 사람의 희한한 이름을 가진 북클럽 회원들이 전쟁 속에서 겪은 사연을 편지로 주고받은 내용입니다. 북클럽에서 주고받은 편지로 구성된 이 소설은 남의 일기를 훔쳐보는 듯합니다.

"아마도 책들은 저마다 일종의 은밀한 귀소본능이 있어서 자기한테 어울리는 독자를 찾아가는 모양이에요. 그게 사실이라면 얼마나 즐거운 일인지요."

"내 가슴을 떨리게 하는 것은 거실이나 주방에 앉아 있는 식구들 모습이라구요. 그들의 책장이나 책상, 불 켜진 초, 또는 밝은 색 소파 쿠션을 흘깃 보는 것만으로도 난 그들의 삶 전체를 상상할 수 있어요."

"출판사의 선전 문구를 믿지 않는 똑똑한 사람이라면 점원에게 가서 세 가지를 묻죠. 무엇에 관한 책인가. 당신은 읽어 보았는가. 읽으니까 괜찮던가?"

문학회 회원들은 혹독한 전쟁의 시련 속에서도 북클럽을 통하여 그 고통을 이겨 내는 사연에 숙연해지기까지 합니다.

책을 추천해 준 손님이 다시 오는 날, 둘만의 비밀이 생긴 듯 미소만 지어도 서로 마음이 통하는 느낌입니다. 궁중 속의 고독이란 대부분의 현대인이 자주 느끼는 감정이라고 합니다. 그런 이유로 홀로 여행을 취미로 사는 일에 후회가 없습니다. 결혼과 더불어 세상을 알아 가고 새로운 사람을 알아 갈 때에 책은 내게 좋은 길잡이였으니까요.

책장의 책을 빼어 들면 읽었던 시절이 살아나는, 내겐 일기장과도 같은 귀한 것들입니다. 여러 번 이사를 하면서도 이 책들을 끌고 다녔고 이제는 우리 카페의 인테리어 겸 작은 도서관이 되었습니다. 많은 책들로 하여 손님과 대화거리가 생기고, 가끔은 고민거리를 상담해 오는 손님에게 적절한 책을 골라 주기도 합니다.

일터에서 시간 나는 대로 떠나는 나만의 독서 여행은 내 생활의 활력소이자 삶의 축이 되어 밖으로 향한 마음을 다잡아 줍니다. 책장 근처를 서성이는 손님을 바라보는 것만으로도 행복합니다.

마음의 소리

　여전히 밥맛이 없고 기운이 없습니다. 내 몸도 내 몸이 아니라는 생각을 합니다. 여행의 후유증이니 기다려 보라는 의사의 말이 의심스럽습니다. 밥 먹을 생각을 하면 속부터 울렁거리는 이 고약한 증세를 겪어 보니 중증 환자에게 밥을 먹어야 산다고 함부로 권할 일만도 아닙니다. 처음으로 영양제를 연거푸 맞으며 병명이 없는 병을 앓고 있습니다.

　남남으로 만났지만 이런저런 이유로 오랜 세월을 함께한 선배이자, 한 교회 식구였으며 직장 동료로 있던 분이 갑자기 세상을 떠났습니다. 언제나 웃음을 잃지 않았고 깔끔한 성격이었던 분이 자꾸 아프다는 말을 했지만, 종합 진찰에도 아무 이상이 없어 큰 걱정을 하지 않았습니다. 일을 그만 하겠다는 말에 당황스러웠지만 쉬겠다는 사람을 붙들 수도 없었습니다.

몇 달 동안 계속 몸이 좋지 않다는 소식만 들었습니다. 미국행을 앞두고 잠시 통화했는데 밥맛을 잃어 몸이 더 안 좋아졌다고 합니다. 내가 맛난 음식 해 줄 테니 우리 집에 와서 삼 일만 있으라고 했더니 갑자기 울먹이는 목소리로 "말이라도 고마워."라며 말끝을 흐립니다.

생각보다 문제가 크다는 생각이 들면서도 금방 세상을 떠나갈 줄은 상상도 못했습니다. 미국에 가서 아이들과 여행을 떠나려고 준비하는데 그 선배가 사경을 헤맨다는 연락이 왔습니다. 급성 암인데 누구에게도 연락하지 않았을 뿐 아니라, 찾아오는 것조차 거부해서 남편과 자식이 지켜보는 가운데 세상을 떠났다는 소식입니다.

가까운 사람의 죽음으로 인한 충격은 무엇보다 힘들었습니다. 이 소식을 듣고도 아이들과의 여행은 계획대로 진행해야 했고, 혹시 나의 우울함 때문에 아이들이 신경 쓸까 봐 매사 조심스럽게 지내다가 40일 만에 집에 돌아와 그대로 누워 버린 것입니다.

누구보다 함께 지낸 시간이 많은 분이기에 그 충격이 안으로 쌓여 병이 생긴 것입니다. 교회의 빈자리를 보아도 멍청하게 바라보기만 할 뿐, 나도 그분의 뒤를 따라갈 것처럼 온몸의 기가 다 빠져 버렸습니다.

겨우 몸을 추스르고 납골당을 찾았습니다. 환하게 웃는 선배의 사진 앞에서 분하고 억울한 마음으로 실컷 울고 돌아오는데 갑자기 몸이 가벼움을 느낍니다. 이제 떠남을 인정하고 사는 자는 또 열심히 살아야 하는 것이 생과 사의 차이인가 봅니다.

함께 일하던 분들과 만났습니다. 갑자기 떠난 사람을 위로하기 위해 산 사람들이 모인 것입니다. 음식을 앞에 놓고 당기지 않는 괴로움을 말하기 싫어 억지로 좀 먹어 보려 해도 먹을 수가 없습니다. 밥만 사 주고 서둘러 왔기에 미안해서 보낸 메시지에 의미 있는 답문이 왔습니다.

"이제 다 내어 맡기고 마음의 소리를 들어보세요."

일에 묻혀 살다간 선배가 안타까워하는 말이 그대로 나의 문제로 받아들여집니다. 참 많이도 일했습니다. 이제 내 몸을 쉬어 주고 사람들과 만나고 아픔이 있는 이들을 찾아나서야 할 때입니다. 그렇게 되기를 힘써야 하겠습니다. 생과 사의 차이는 종잇장 같아 사는 것이나 죽는 것이 별 차이가 없음을 세월이 가면서 더 자주 느낍니다.

나이가 들어가면 언제나 마음의 소리에 귀기울이며 죽음의
준비를 해야 하는 것이 마땅한 일입니다.

삶의 흔적

 이사를 몇 번 다녔습니다. 나름대로 이사해야 할 이유가
있었지만 집을 옮길 때마다 생활의 리듬이 끊기고, 새로운
환경에 적응할 때까지의 어수선한 분위기가 싫었습니다. 때
로는 우울증까지 오기도 했습니다.

 이제 지금 이 집에 안착하고 싶습니다. 직접 지은 집이기
에 구석구석 정이 들기도 했지만, 마음을 차분하게 안정시
켜 주는 주위의 환경 때문입니다. 시골도 도시도 아닌 이곳
은 우선 저녁노을이 곱습니다. 뉘엿뉘엿 지는 해거름의 조용
한 풍경 속에 기차가 달립니다. 호숫가 산책길을 걸으며 아
침 이슬에 운동화를 적셔 보는 것도 내가 즐기는 일과 중의
하나입니다. 텃밭에 갖가지 푸성귀를 심어 식탁에 오르는 신

선한 채소에 정감이 어립니다.

부모님과 형제들이 모여 살던 고향 집이 그랬습니다. 개발 붐이 일어 흔적조차 없어진 고향, 실체는 사라졌어도 마음속에는 변함없이 그 자리에 그대로 남아 있습니다.

쉴 새 없는 엄마의 손길로 잘 닦여진 장독대에는 언제나 햇볕이 바삭하게 내려 쪼였고, 집을 둘러싸고 있던 대밭에선 댓잎이 바람결에 스르락거리는 소리가 들렸습니다. 앞마당 꽃밭에는 샐비어와 맨드라미가 씨를 맺고 담장 옆엔 코스모스가 한들거렸습니다. 감나무는 또 왜 그렇게 많았던지 그 많은 감나무는 감꽃도 예쁘고 단풍도 예뻤습니다. 예쁜 색을 모아 두던 아련한 고향의 풍경들, 고향은 늘 마음속에 생생하게 남아 있습니다.

전원주택을 정성스럽게 짓고 집을 꾸미는 일에 많은 시간을 들였던 세월이 있었습니다. 그 집에서 오래 살고 싶었으나 사람의 계획이란 마음대로 되는 일이 아니어서 정든 집을 떠나왔습니다.

새집을 지어 들어오며 긴요한 것이 아니고는 치장을 생략했습니다. 자주 쓰지 않는 살림살이는 모두 정리해 버렸고, 꼭 필요한 생활용품만 남겨 두고 집안이 텅 비워 두니 널찍한 공간이 시원하고 여유로워 좋습니다.

텅 비워 놓은 집에서 꼭 하고 싶은 일이 있습니다. 하루하루 생활을 메모하여 집안의 빈 벽에 붙여 놓고 싶습니다. 이 어수선한 일을 시작하려는 것은 더 이상 이사하지 않고 정착을 하고 싶기 때문입니다. 내가 겪고 있는 것처럼 흔적이 없이 사라진 고향집을 떠올리며 느끼는 상실감을 되풀이하지 않게 하기 위함입니다.

오랜만에 친정에 온 막내딸이 하던 말이 생각납니다.

"엄마! 아이들 낳고 살아 보니까 엄마 아빠가 고마워, 넘치지도 부족하지도 않게 우리들을 잘 키워 준 것 같아서."

자식에게 고맙다는 말을 듣는 것이 이렇게 흐뭇한 일인 줄은 몰랐습니다. 아이들에게 좀 더 오래 기억될 확실한 추억거리를 만들어 주고 싶은 것은 고향 하면 떠오르는 아름다운 풍광도 물론 중요하지만, 늙어 가는 부부가 서로 의지하고 노력하며 살아가는 참모습을 보여 주는 것이 더 값질 것 같습니다.

헬렌 리어링도 『사랑 그리고 그 마무리』에서 같은 이야기를 하고 있습니다.

나는 소나무 널판에 색을 입혀 벽 따라 책을 늘어놓았으며, 고대 일본의 그림과 어머니가 그린 그림 몇 점을 걸어 놓았다.

아버지가 주문해서 만든 세계 종교의 상징물과 '진실보다 고귀한 신앙은 없다.'라는 글귀가 들어 있는 수제품 나무 벽걸이를 걸었고…. 침실로 올라가는 나무계단에는 '햇빛, 새소리, 눈송이, 나무….' 같이 내가 좋아하는 글귀를 새겨 놓았다.

　나도 삶의 실상을 통해 생활의 지혜를 터득할 수 있는 흔적을 집안 구석구석에 남겨 두면 좋겠다는 생각을 했습니다. 아이들에게 이 집에서 우리가 이어 온 삶의 흔적을 찾아볼 수 있게 해 주고 싶은 것입니다. 그러기 위해서는 우리가 먼저 후회 없는 삶을 살아야 할 터인데, 부족함이 많으니 이런 글이 마음에 와 닿는 것입니다.

　내 기억 속의 고향 이미지는 시골의 아름다운 풍경이었지만, 우리 아이들에게 고향이란 늙은 부모의 아름다운 사랑의 마무리가 흔적으로 남아 오래도록 지워지지 않는 그림으로 남기고 싶습니다.

　가을은 짧습니다. 깜박할 사이에 겨울이 올 것입니다. 삶의 숙제는 밀려 있는데 마음만 급합니다. 먼저 잘사는 일이 숙제이니 이 숙제 정리를 하여 벽마다 미소가 번지는 내용을 기록해야겠습니다.

그냥 하면 되지

좋은 일 하면서 인생을 마무리하고 싶다는 생각을 자주 합니다. 그 좋은 일이란 물질이 넉넉해서 나누는 일로만 생각하며 분수에 맞지 않는 선행은 오히려 덕이 되지 않는 일이라고 생각했습니다. 그 까닭에 마음으로 다가오는 일들을 미루며 살았습니다.

그런데 최근 들어 너무 오랫동안 꿈만 꾸었다는 조급한 마음이 드는 것은 사랑하는 사람들이 하나 둘 세상을 떠나기 때문입니다. 어쩌면 그럴 여유가 없을까 봐 스스로에게 기를 넣으려고 생각만 자주 한 것인지도 모릅니다.

그런 내게 남편이 한마디 합니다.

"좋은 일을 그냥 하면 되지. 난 오늘도 좋은 일 많이 했다."며 하루 일과를 보고합니다. 나라 경제를 돕기 위해 대중교통을 이용하고, 아이를 안고 층계를 내려오는 젊은 엄마가 불안해서 빨리 뛰어 올라가 아이를 받아 안고 내려다 주니 서로가 기분이 좋았다고 합니다. 눈에 띄는 작은 일도 긍정적으로 받아들이며 솔선수범하는 행동은 그냥 하면 되는 거라고 말합니다.

"그렇게 살다 보면 큰일도 하겠지. 대단한 일만 해야 하나?"

갑자기 눈이 번쩍 떠지는 느낌입니다. 좋은 생각만 했지 실천하지 못하고 핑계 대며 말만 앞세우는 나를 돌아보니 가족이지만 부끄러운 생각이 들어 가만히 입을 다뭅니다.

좋은 일이 거창할 필요는 없습니다. 남편 말대로 그냥 하면 되는 것입니다. 그리 생각하니 눈앞에 보이는 일이 많습니다. 지구 생태계의 파괴를 막는 일이 끊임없이 밀려옵니다. 사람들을 둘러보며 걸림돌이 되지 말아야겠다는 다짐도 생각만으로 고칠 수가 없습니다. 상대방을 기분 좋게 하는 일도 주변에 널려 있습니다.

김장철에 땅에 묻었던 무를 꺼내어 물김치를 담습니다. 빨간 고추 물에 하얀 무와 노란 배추 잎, 초록색 미나리와 꽃무늬로 찍어 낸 당근을 넣었더니 서로가 어우러져 아주 먹음직스럽습니다. 누구든 우리 집에 먼저 들어오는 이에게 봄 선물을 하려고 준비했습니다.

흔적이 남을 수 있는 집을 꿈꾸며

호리병 안의 작은 별장을 보았습니다. 마당가 장독대 위에 장식으로 올려놓은 오지그릇인 호리병 속으로 작은 콩새가 드나드는 것을 보고 궁금해서 깨진 조각을 슬그머니 열어 보니 숨이 멎을 것 같은 광경이 눈에 들어옵니다. 그 좁은 병 입구를 드나들며 그들만의 안식처를 꾸민 것입니다. 깨끗하고 부드러운 이끼를 깔고 한쪽 구석엔 하얀 새털로 손바닥만한 침실까지 꾸며 놓았습니다. 어떤 방해꾼도 넘볼 수 없고 밤에는 나무 위에서 정원의 등이 따뜻하게 비춰 주고 있었으니 참으로 환상적인 보금자리입니다. 그 비밀스러운 공간을 살짝 훔쳐보고 깨진 조각을 가만히 닫아 주고 돌아섭니다.

작년 봄, 햇빛이 좋은 날이면 두 마리의 까치가 부지런히 오르내리며 집 짓는 모습을 관찰했습니다. 부리로 나뭇가지를 물어다가 이리저리 놓아 보다가 놓치면 땅으로 내려와 다시 나뭇가지를 물고 올라가기를 거듭합니다. 그 모습이 안쓰러워 언제나 집이 완성되나 했는데 어느 날 새끼 소리가 들렸습니다. 어느새 독립을 시킨 모양입니다.

　추위가 채 가시기도 전에 봄 소식과 함께 조용하던 까치집 근처에 또 다른 까치 두 마리가 집을 짓기 시작합니다. 그러나 기초만 쌓다가 집을 짓는 어떤 조건이 안 맞았는지, 그들의 관계에 문제가 생겼는지 자취를 감추어 버렸습니다.

　생명이 있는 것은 어디서나 쉼 없이 집을 짓습니다. 하찮은 미물도 그들만의 공간에 기막힌 지혜를 짜내어 각기 다른 방법으로 보금자리를 마련합니다. 문화생활이 필요 없는 오직 종족 보존만을 위한 일이기에 그들의 집짓는 방식은 세월이 가도 변함이 없습니다.

　그런데 현대인의 건축양식은 날로 변화되고 다양한 아이디어로 지은 훌륭한 건축물들은 이제 예술작품으로 취급을 받습니다. 창조주로부터 시작된 신비로운 생명의 잉태와 죽음은 집으로부터 시작되고 마무리되기에, 누구나 자신만의 평온한 거처를 독립적으로 갖길 원합니다. 자신의 정서에 맞는 집의 형태와 구조를 위해 정성을 쏟는 것입니다.

남태령 전원마을에 전원주택을 짓고 살면서 건축 잡지에도 실리고 드라마 촬영의 부탁도 받았습니다. 그러나 정작 집 주인의 생활에는 불편함이 몇 가지 있었음으로 다시 한 번 집 지을 기회를 꿈꾸곤 했습니다.

아무리 훌륭한 건축가라도 자신의 집을 짓고 60%밖에 만족을 못한다고 합니다. 마음에 드는 집을 짓고 싶어 예쁜 집이나 특별한 건축물을 보면 메모해 놓곤 합니다. 그럴 기회가 오지 않는다 해도 상상만으로도 즐거운 일이기 때문입니다.

우선 집은 관리하기에 부담스러운 고급 주택이 아니라 집이 나를 위해 존재해 주는 집이었으면 좋겠습니다. 먹고 자는 곳의 청결함은 필수이지만 거실이 거친 바닥이나 흙바닥이라도 좋은 자연스러운 집을 짓고 싶습니다. 햇빛이 잘 들고 전망이 좋은 곳은 거실을 겸한 식당으로 꾸며 가족들이나 이웃과의 친교의 장소로 만들고 싶습니다. 잔잔한 음악이 흐르고 싱그러운 화초는 산소를 공급하고, 소박한 찻잔을 준비하여 은은한 차의 향기 때문에 누구나 오래 머물고 싶은 홈 카페를 꾸미고 싶습니다.

집을 설계할 때부터 서재를 염두에 두어 작은 독서실을 꾸미고 벽면에는 르누아르의 '책 읽는 여인'의 그림을 걸 것입니다. 그림 속 여인처럼 독서의 흔적을 남겨 대대손손 독서의 습관을 물려주고 싶습니다.

빌 게이츠는 "지금에 나를 있게 한 것은 우리 동네의 작은 도서관이었다."라고 했다지요. 그 도서관을 집안에 꾸며 놓는 생각만 해도 흐뭇한 일입니다. 또 가족 중 누구라도 혼자 있고 싶을 때는 오붓한 장소도 필요할 것입니다.

안양예술공원의 설치미술 중에는 '하늘다락방'이라는 작품이 있습니다. 다락방을 오르면 사방에 숲이 우거지고 아늑해서 계속 머물고 싶은 분위기입니다. 버지니아 울프의 '나 혼자만의 방' 또는 안네의 일기 속에 나오는 비밀 공간처럼 느껴져 주택이나 공공건물에 접목시켜도 좋을 듯합니다.

아침형 인간으로 사는 사람에게는 떠오르는 아침 해를 대하는 순간 그 충만함으로 하루를 살아 낼 기운을 얻도록 동쪽의 창문을 크게 내면 좋겠고, 저녁노을 바라보며 하루를 돌아보는 묵상의 장소도 필요하겠습니다.

이웃 간의 경계를 없애고 정원을 서로 공유하며 마음을 열고 사는 꿈도 꾸어 봅니다. 가족이 함께 살아갈 최소한의 주거 공간도 없는 이들에게는 사치스러운 꿈일 수 있으며, 자신이 거주하고 있는 주택을 투자가치로만 따지며 이리저리 옮겨 다니는 이들에겐 불가능한 바람일 수 있습니다. 그러나 도시의 편리한 문화생활을 조금만 포기하고 욕심을 내려놓는다면 정신적인 풍요를 누릴 만한 곳은 아직도 많이 있을 것입니다.

집을 짓는 일은 인생살이와 같아서 외면의 아름다움을 중요시하는 이도 있을 것이고, 수수하고 평범해 보이는 집이라도 실리적인 공간과 편안함을 우선으로 하는 이도 있을 것입니다.

뛰어난 미적 감각으로 아름다운 예술 공간을 꾸며도 그 안의 작품이 부실할 수 있고, 그 장소에서 일하는 이들의 아름다운 모습이 없다면 다 소용 없는 일입니다.

깨진 항아리 속에 이끼와 솜털로 아름답게 꾸민 콩새 부부의 집을 기웃거리며 사람의 집을 생각합니다. 건강한 정신으로 지은 건축물은 우리의 생활을 성실하게 이끌어 줄 것입니다. 영혼을 가진 인간이기에 자신보다 좀 더 나은 인격 형성을 위해 멋진 집 한 채를 더 짓고 싶은 희망을 품는지도 모릅니다. 세련되고 웅장하지 않아도 곳곳에 순간의 만족감을 느끼며 감사한 생활의 흔적이 남을 수 있는 집을 꿈꾸어 봅니다.

5

책이 있는 카페

거꾸로 가는 세상

며칠 전, 아침부터 집 앞의 은행나무에서 까치 떼들이 난리가 났습니다. 까마귀들도 몇 마리 합세해서 깍깍거리기에 유심히 살펴보니 길가에 까치 한 마리가 차에 치어 죽었고, 차는 여전히 그 위로 지나다니고 있었습니다.

작은 미물도 동족의 죽음을 슬퍼하고 함께 울어 주는 광경을 보며 사람들이 자연에게 저지르는 범죄를 생각합니다. 무섭게 보복을 당하리라는 예감이 들어 그 광경이 자꾸 떠오르곤 합니다.

오늘도 아침부터 까치 소리가 요란스럽습니다. 하얀 무늬가 있는 들고양이 한 마리가 잔뜩 기가 죽은 듯 걸어가고, 족히 오십여 마리나 되는 까치가 고양이를 둘러싸고 난리법

석입니다. 그들의 언어를 이해할 수 없으나 가당치도 않은 상대에게 위협을 가하는 듯합니다.

닭장 근처에 떨어진 모이를 먹으려고 참새 떼가 몰려와 쩍쩍거리면 벼슬을 바짝 세우고 위풍당당하던 장닭도 구석으로 가 웅크리던 모습이 고양이의 모습과 흡사합니다. 다수와 소수의 대결은 옳고 그름의 문제가 아닌 듯합니다.

근처에 까치가 많아서인지 큰 나무마다 두서너 개씩 까치집이 있어 보기가 좋더니 어느 날 다 없어져 버렸습니다. 봄에 심어 놓은 씨앗을 빼어 먹고 싹이 나면 먹어 버린다는 이유로 농사짓는 사람들이 까치집을 다 헐어 버린 것입니다. 한때는 길조라며 반가운 미물로 여기더니 이젠 마음이 변해 집까지 부숴 버리는 인간에게 감정이 많을 것입니다. 고양이를 쫓듯 언젠가는 사람에게도 달려들지 않을까요.

이 땅의 생명을 가진 것은 다 먹어야 삽니다. 약육강식의 이치는 강한 것이 약한 것을 잡아먹고 살아가지만, 언제부터인가 먹이 사슬의 균형이 깨져 버렸습니다. 인간에게 유익했던 동물을 실컷 부려먹고 결국 잡아먹으며 먹이 이상의 것까지 탐하느라 각종 범죄와 전쟁이 끊이지 않는 속에서 자연은 점점 파괴되어 갑니다.

그 흔하던 제비를 못 본 지가 오래되었고, 장마가 지나가면 푸른 하늘을 가르던 고추잠자리조차도 보기 힘듭니다. 사람과 함께 어우러져 살아가던 생물이 하나, 둘 없어지고 있음은 무서운 일입니다.

제철 음식을 먹기가 힘들어지고 각종 질병은 늘어날 것이며 사람도 정신이 헷갈리어 모든 것이 뒤죽박죽이 돼 완전히 거꾸로 가는 세상이 눈앞에 그려집니다.

생태계를 파괴시키고 있는 인간에게 원한을 가진 생명들이 자신의 모습을 변형시켜 유행성 독감이나 조류독감, 에볼라 같은 무서운 질병으로 사람을 위협한다는 생각이 듭니다.

까치 떼의 아우성 속에서 불안해하던 고양이의 모습은 수없이 잡아먹힌 짐승과 생물에게 인간이 위협당하는 모습으로 비쳐집니다. 그동안 잔인하게 잡혀 먹힌 짐승의 종족들이 인간에게 무섭게 보복하려 들지도 모릅니다. 약한 것이 강한 것에게 대적하기 시작한다면 인간에 의해 자신의 설 자리를 빼앗긴 숱한 생명들이 인간에게 복수를 준비하고 있을지도 모릅니다.

지구의 생명체가 만들어지는 데는 수억 년이 걸렸지만 지구가 파괴되는 것은 잠깐이라며 걱정들을 합니다. 사랑스러운 우리의 자손들을 생각하면 절망스럽습니다. 거꾸로 가는 세상을 돌려놓기에는 이미 많은 것이 파괴되었으나 노력하고 또 노력해야 합니다.

"엄마가 있는 것이면 무엇이든 먹지 않는다."는 어느 채식주의자의 말을 새기며 산다면 바로 가는 세상으로 돌아가지 않을까 생각해 봅니다.

들꽃을 보며

　가게를 드나들며 층계의 벽돌 틈새에서 자라는 들꽃을 자주 들여다봅니다. 보살피지 않아도 싹이 나고 자라서 꽃을 피워 오가는 이들에게 즐거움을 주는 들꽃, 보이지 않는 어딘가에 뿌리 내리기 위해 얼마나 애썼을까요. 종족 보존을 위해서든 나름의 사명감이 있어서든 그 자리에 뿌리내려 당당하게 살아가는 들꽃을 애정 어린 눈빛으로 바라봅니다.

　봄부터 싹을 틔우고 꽃이 필 때까지 물 한번 주지 않았는데도 씨를 맺고 있습니다. 자식들만큼은 이 열악한 곳에 뿌리 내리지 않도록 멀리 보내려는 듯 잠시도 가만히 있지 못하고 씨주머니를 흔들어 댑니다. 바로 위 난간에서는 이틀만 물을 주지 않아도 시들어 버리는 화사한 화초가 나풀대고 있으나 사람들의 관심은 들꽃에 있습니다.

농사법 익히는 책을 보니 흙을 깊이 갈아 부드럽게 해 준 뒤 식물을 심으면 뿌리가 튼실하게 자리 잡지 못한다고 합니다. 오히려 얕게 갈아 놓은 곳에서 뿌리를 깊이 내려 잘 자란다는 것을 알았습니다. 하찮아 보이는 잡초도 수분이 부족하다 싶으면 더 깊이 뿌리를 내리고 환경에 맞게 성장 조절까지 한다고 하니 놀랍습니다. 얕은 흙에서 생존력이 더 강한 것은 식물뿐만 아니라 사람도 마찬가지일 터, 들꽃을 보며 인생도 자연의 이치와 같다는 것을 배웁니다.

살아온 날을 되돌아보면 엄마로서의 내 삶은 참으로 큰 행운이었습니다. 자식을 낳아 기르는 일이 힘들고 버거웠지만 마음 쓰일 일 없이 반듯하게 잘 자라준 딸들이 고마웠습니다. 거기에 결혼까지 스스로들 알아서 잘해 줬으니 행운이랄밖에요.

부모의 자식 사랑은 어디에도 견줄 수 없습니다. 그러니 교육 방법도 각각 다를 것이나 열악한 환경에서 튼실한 뿌리를 내려 보라며 자식들을 방치할 용기가 있는 사람은 얼마나 될까요. 목숨도 아깝지 않은 자식들이기에 남보다 잘 먹이고 잘 입히며 편하게 살기를 원합니다. 새 가정을 꾸려 나간 자식들에게 들꽃처럼 주어진 자리에서 최선을 다하며 살라고 말합니다.

 층계 틈새의 들꽃이 자리 잡기 위해 힘들고 절망스럽던 시절을 잊은 듯 흥겹게 춤을 춥니다. 열악한 환경이지만 최선을 다하여 꽃을 피우고 씨를 맺는 들꽃을 보면 삶의 열정이 솟습니다.

작은 새 한 마리

환기를 시키려고 열어 놓은 창문으로 작은 새 한 마리가 날아들었습니다. 색깔도 예쁘지만 앙증맞은 모양이 신기해서 나가지 못하도록 문을 다 닫아 버렸습니다. 갑자기 포로가 된 새는 벽의 통유리를 알아차리지 못하고 두어 번 곤두박질을 치더니 힘없이 주저앉았습니다. 덜컥 겁이 나서 가만히 들여다보니 눈만 깜박일 뿐 입을 딱 벌린 채로 꼼짝도 않고 있습니다.

새를 잡아 놓고 손님들과 함께 놀잇감으로 삼아 보려던 순간의 잘못 때문에 작은 생명이 위급한 상황이 되어 손을 대면 그대로 쓰러질 것 같습니다. 작은 바구니를 밑으로 넣어 살며시 얹어 놓았지만 여전히 미동도 없이 입을 딱 벌린 채 눈의 초점을 잃어 갑니다. 물을 한 방울 입속으로 넣어 주니 얼른 받아 삼킵니다. 죽지는 않았구나 싶어 두어 방울을 더 넣어 주고 창가에 얹어 놓았습니다.

"날아 봐, 빨리 날아 봐."

불안한 마음으로 새가 날기를 바라며 툭툭 건드리니 단풍나무 가지 위로 호로록 날아가 앉습니다. 아직도 정신이 덜 들었는지 멍하니 앉아 내 쪽을 계속 쳐다보고 있습니다. 작은 생명의 모독으로 미안한 마음이었는데 좀 안도감이 들며 엉뚱한 생각을 해 봅니다.

'죽기 직전에 물을 먹이고 살아나게 해 주었으니 은혜를 갚으려나?'

일을 하다가 창밖을 보니 가지에 앉아 있던 새가 날아가고 없습니다. 작은 선행, 그 알량한 것들은 진실한 사랑이 동반하지 않으면 아니함만 못합니다. 하물며 생각 없이 던진 말 한마디에도 간접 살인의 계기가 되기도 하고 귀중한 한 생명이 구렁텅이에 빠질 수도 있는 것이 우리의 모습입니다.

미치 앨봄의 『천국에서 만난 다섯 사람』이라는 책의 내용에는 천국은 환상의 낙원이 아니라, 분노와 용서와 회한이 어우러져 자신의 어제를 이해하고 스스로 쌓은 업을 껴안는 곳이라고 말합니다.

이생에서는 전혀 얼굴도 모르는 사람에게 용서를 빌어야 할 일이 많다는데, 천국에서는 얼마나 많은 사람들에게 용서를 빌어야 할지요.

수십 마리의 새 떼가 몰려와 창밖이 시끄럽습니다. 마치 내게 데모하는 것 같습니다.

"조류 생존권 침해를 각성하라. 각성하라."

잠시 그들의 입장이 되어 귀담아 듣습니다.

존재의 이유

집 밖으로 나오기 전에 리모컨을 누릅니다.

"이제부터 청소를 시작하겠습니다. 청소가 끝나면 휴지통을 비워 주세요."

목소리가 어찌나 상냥한지 기분이 좋아집니다.

새로운 전자제품이 낯설어 방치해 두었던 청소기가 나를 도와줍니다. 아무도 없는 집에서 저 혼자 집안 구석구석을 청소하고 제자리로 돌아가 충전합니다. 사용 첫날, 한밤중에 "충전을 마쳤습니다."라는 소리에 놀라 가슴을 쓸어내리며 웃었는데 이제는 친하게 되었습니다. 그를 위해 내가 할 일은 조그만 사각 통만 비우는 것뿐입니다.

아침이면 스마트폰의 알람이 울리고, 예약해 놓은 밥솥이

취사를 알리고, 청소기는 빨래가 다 끝났다고 알리며 존재를 과시합니다. 낯선 길을 가다가도 친절하게 안내해 주는 기계에게 순응해야지 그렇지 않으면 불이익을 당합니다.

하루가 다르게 똑똑해지는 기계 때문에 사람은 점점 몸과 머리가 게으른 바보가 되어가는 듯합니다. 사람이 지켜야 할 가장 기본적인 모습도 갖추지 못하고 사는 세상에서 이래저래 사람도 아닌 것들이 사람 노릇을 하며 앞서가려 합니다.

날로 지능화되어 가는 디지털제품 앞에서 인간이 왜소해짐을 느낍니다. 인간의 감성까지 읽어 내는 로봇이 생겨날 날도 멀지 않다고 하니 그들에게 점령당할까 봐 두렵습니다. 하지만 제아무리 그렇더라도 기계를 만드는 사람보다 기계가 앞설 수는 없습니다. 기계보다 더 똑똑하고 정직하게 살면서 인간의 존재 이유를 알려야 하겠습니다.

책이 있는 카페

어젯밤에 책 한 권을 찾기 위해 제 방의 책장을 모두 뒤졌습니다. 책을 찾는데도 시간이 꽤 걸렸는데 찾고 나서도 한참이나 책 주변에 머물렀습니다. 책장 구석에 머물러 있던 책들이 은근히 윙크를 보내오는데 눈길을 주지 않을 수 없습니다. 그것들 하나하나를 손으로 쓸어 주고 눈길로 어루만지면서도 미안한 마음을 금할 길이 없었습니다. 요즘 이것들을 대부분 처리할 생각을 하고 있었거든요.

그런데 책 한 권을 만날 때마다 자꾸 망설여집니다. 내가 이것들을 처음 마음에 두었던 때가 애틋하게 떠오르기 때문입니다. 사람도 만났다가 헤어지거늘 하물며 책 따위에 사로잡힐까 싶다가도 내가 사람에 치여 세상조차 혐오스러울 때 위로해 준 책들인데….

문화일보사 장 기자의 문학카페에 올라온 글입니다.

여러 번 이사를 하면서도 소중하게 간직한 책을 모두 카페에 내려놓았습니다. 화장실에 꽂아 놓은 책들이 없어지고, 더러는 꼭 가져오겠다며 빌려 간 책이 돌아오지 않고 있지만, 책장 주변을 서성거리는 손님만 보아도 기분이 좋아집니다.

나이가 들어 한 번 더 보고 싶은 책은 따로 정리했는데 커피도 무한 리필이고 집에서 먹으려고 만든 간식거리까지 다 내주어도 돌아오지 않는 책은 아깝기만 합니다.

책 한 권에도 나름대로 사연이 있습니다. 좋아하는 사람이 권해 준 책은 아무리 바빠도 당장 서점으로 달려가게 만듭니다. 우연히 들른 서점에서 광고도 나지 않은 좋은 책을 만나는 날은 큰 횡재를 만난 듯 책을 쓰다듬으며 흐뭇합니다.

전철 안에서나 버스 안에서 또는 장시간을 자리에 앉아 있어야 하는 비행기 안에서의 독서는 물론 혼자 떠나는 여행지에서도 이보다 좋은 동반자는 없습니다.

기자님의 글을 보니 책을 정리하기 위해 갈등하는 마음이 읽혀집니다. 책을 바라보는 마음에 공감하며 글을 올립니다.

책이 있는 카페는 혼자 들러도 좋을 듯합니다.

차를 마시며 그것들과 벗하면 되니까요.

언제 한번 들르세요.

벚꽃 만발한 봄밤에

비가 너무 쏟아져 손님이 한 사람도 없는 날

보름달이 말갛게 떠오르는 가을밤에

겨울나무 가지 사이로 기차가 지나는 겨울밤에

말이 고플 때…

오세요.

풍경님!

제가 가 보고 싶다고 했지만

거기에 응대하는 글이 어찌 이리 멋집니까.

비가 너무 쏟아져 손님이 한 사람도 없을 때

말이 고픈 날

꼭 갈게요.

특별한 것도 없고 사람 앞에 내어놓을 만한 조건도 없이
살았기에 거창한 전문 서적이나 해박한 지식을 필요로 하는
책은 없지만, 소박한 사람에게 말을 걸어오는 밀레의 그림처

럼 편안한 책 하나하나가 한 인격체로 다가와 정이 갑니다. 그러기에 책으로 맺어진 인연은 귀하고 소중합니다.

사람들이 모이는 곳에는 남의 이야기나 자기 자랑이 대부분이지만, 책 한 권의 이야기는 좋은 영양제입니다. 날마다 새로운 사람들과의 만남이 긴장도 되고 보람도 있지만, 하루 일과 중 좋은 시간을 꼽으라면 손님이 뜸한 날 구석 자리에 편안히 앉아 책을 보는 시간입니다. 이 시간만큼은 로맨틱한 사랑의 주인공이 되어 보고, 심오한 영적 상태가 되어 세상의 불의를 다 멸할 것처럼 큰 사람이 되어 보기도 합니다.

갑자기 구구단도 생각이 나지 않아 얼마 되지 않는 계산도 제대로 못하면서, 책 속의 좋은 글귀는 잘도 기억되어 누군가에게 말해 줄 수 있다는 것이 신기합니다.

어떤 손님은 이 많은 책을 어디서 구해다 놓았느냐며 책을 전시용으로 생각하거나 헌책을 사겠느냐며 묻는 이도 있습니다. 이런 질문에는 대답보다 웃음으로 넘깁니다.

하늘 풍경

갓 돌이 지난 손자가 아침 일찍부터 밖으로 나가자고 조릅니다. 밖으로 나오자마자 하늘을 쳐다보며 하아아! 하며 환호성을 지릅니다. 아침부터 뽀얀 구름을 배경으로 10월의 맑고 푸른 하늘에 대한 감탄사인 듯합니다.

세상에 나와 처음으로 가을 하늘을 대하는 어린 아기도 하늘 풍경 앞에서 감탄사가 나옴을 봅니다. 덩달아 나도 기분이 상쾌해지며 하루의 시작이 풍성함을 느낍니다.

물질과 무관하게 세상을 살기란 힘듭니다. 더러는 가난을 즐기며 사는 이들의 이야기나 그런 사람을 만나면 최고의 인격자로 여겨집니다. 37년이라는 생애 동안 지독한 가난 속에 살다 간 반 고흐는 동생 테오에게 보낸 편지에 염치가 없도록 돈을 좀 보내 달라는 부탁이 많습니다. 그럼에도 삶의 충만함이 표현된 편지글이 많습니다.

너도 알겠지만, 과거에 이런 행운을 누려 본 적이 없다. 이곳의 자연은 정말 아름답다. 천상에서나 볼 수 있을 듯한 푸른색과 노란색의 조합은 얼마나 부드럽고 매혹적인지….

순간마다 자연을 찬미하며 가난한 이들의 모습을 많이 그려 낸 고흐의 정신세계가 그러하기에 세월이 갈수록 화가로서의 명성이 높아지고 사람들의 영혼을 뒤흔드는 작품이 빛을 발하는 것입니다.

아직은 한가한 찻집을 들어서며 "이렇게 잘 꾸며 놓고 손님이 없어서 어떻게 해요."라며 손님들이 걱정을 합니다. 임대료 낼 일이 없으니 손님이 많으면 좋고, 없으면 책 볼 시간이 많으니 좋다고 말하면서도 장사가 좀 더 잘 되길 바랍니다.

손님이 들어와서 묻습니다.

"어느 자리가 풍경이 좋아요."

〈풍경〉이라는 간판 때문이지요. 그러나 그 설명을 할 수가 없습니다. 평소 하늘 보기를 즐기는 내게 이곳의 하늘과 호수로 빠지는 노을 풍경이 좋아 터를 잡았기 때문에 그 순간 포착을 하여 손님들에게 보여 주기란 힘들기 때문입니다.

  하늘은 언제 어디서라도 볼 수 있습니다. 어쩌면 자주 올려다보는 하늘 풍경이 내겐 삶의 위안이요, 양식이었는지도 모릅니다.

잘살 걸

내 입으로 뱉어 낸 말이 덫이 되어 당황하는 일이 있습니다. '절대로'라는 표현을 쓰며 자신 있게 장담하던 일을, 내 입이 무색하게 어기는 것을 경험한 적도 있습니다. 남에게 보이는 부끄러움 못지않게 스스로에게 부끄러운 모습도 힘든 일입니다.

잘 나가던 공직자나 유명 연예인들이 어느 날 고개를 못 들고 부끄러움을 당하는 것을 봅니다. 대부분의 사람은 그 내면에서 '잘살 걸' 하며 후회가 클 것이라 봅니다. 그런 모습을 바라볼 때마다 세상의 유혹에 자신을 튼튼하게 지켜 낼 수 있는 사람이 많지 않을 것이라는 생각 때문에, 당할 일을 당했다는 미움보다 안타까움이 앞섭니다.

이번 주 설교 말씀은 "믿는 자는 부끄러움을 당하지 아니하리라."였습니다. 유대인들이 하나님을 믿는 열성은 따라갈 자가 없을 것입니다. 그러나 그들이 모두 구원받은 영혼이 아님을 봅니다.

그 나라 국교가 기독교여서 다 구원받는 것이 아니고, 그 교회나 개인이 하나님을 믿는 일에 열심이어서 구원받는 것도 아닙니다. 유대인들은 예수님에게 칭찬받으려고 많은 헌금을 하고 금식하며 열심히 신앙생활을 했습니다. 그런 이들에게 예수님은 노! 라고 하셨습니다. 스스로 자기 도취에 빠져 십자가를 바로 인식하지 못했기 때문입니다. 예수님을 올바로 알고 잘 믿었어야 했는데, 어떤 행위로 복 받기만을 바란 것입니다.

우리는 언제나 죄악의 복판에서 살아갑니다. 그러나 그것에 휘둘림을 당하지 않으려면 예수님을 잘 알고 잘 믿어야 세상의 유혹 앞에서도 흔들림이 없을 것입니다. 진실한 믿음으로 살아가는 이에게 부끄러움을 당하지 않을 것이라는 말씀은 진정 옳은 말씀입니다.

그러나 그 올바른 믿음은 껴안고 있는 것을 다 내려놓고, 하나님이 원하시는 모습으로 돌아서야 합니다. 온전치 못한 아내가 불륜으로 낳은 각각의 세 자녀를 하나님의 긍휼하신 마음으로 받아들인 호세아 선지자처럼, 서로 긍휼히 여기며 사랑으로 보듬어 안는 실천이 이번 주간의 숙제입니다.

어떤 부끄러움 앞에서 "잘살 걸." 하는 후회를 하지 않도록 긴장해야겠습니다.

'일반이었더라' 의 삶

앞다투어 피어나는 봄꽃 속에서 닫혔던 마음이 풀어지려는 3월입니다. 화려한 이 계절에 기독교인들은 예수의 십자가 사건을 묵상하며 경건한 마음으로 부활절 행사를 준비합니다. 신앙의 깊이를 떠나 십자가의 보혈로 모든 인간의 죄를 대속한 젊은 예수의 마음으로 절제의 생활을 강요받는 조직이 부담스럽기도 합니다. 그렇지만 심약한 자신을 잡아 주는 좋은 기회가 되기에 예수의 고난을 삶 속에서 동참해 보려 애씁니다.

가족처럼 정든 식구들 때문에 먼 교회를 옮기지 못하고, 새벽 기도회에 참여하기 위해 새벽 4시에 일어납니다. 하루 한 끼나라도 금식은 물론 매사에 경건한 자세로 임하고자 애쓰며 부활절 칸타타 찬양 연습도 합니다.

피곤한 몸으로 부활절 예배를 마치고 나면 모든 생활의 패턴이 느슨해져서 긴장감이 풀리곤 합니다. 모처럼 늦잠도 자고 맘껏 여유를 부리는 아침, 늘 남편과 함께하는 가정 예배를 드리기 위해 교재를 펼칩니다. 오늘은 '일반이었더라'의 삶이 주제입니다.

남다른 일, 대단한 일을 요구하지 않는 하나님 앞에서 '여전한 방식'으로 삶을 살라는 메시지입니다. 부활절을 앞둔 긴장되었던 나날을 그대로 유지하라는 명령임을 인정할 수밖에 없습니다. 교재 안에는 컴퓨터 백신을 만들어 낸 안철수 씨의 말도 인용한 부분이 있습니다.

"원칙이라는 것은 매사가 순조롭고 편안할 때는 누구나 지킬 수 있다. 그러나 원칙을 원칙이 되게 만드는 힘은 어려운 상황, 손해 볼 수밖에 없는 뻔한 상황에서도 그것을 지킬 때 생겨난다."

여전한 방식으로 '일반이었더라'의 삶을 살기 위해서는 신앙의 원칙이 필요함을 느낍니다.

오늘 아침 내게 주어진 주제는 다시 해이해지려는 생활을 붙잡아 주는 전능자의 계획임을 인정하지 않을 수 없습니다. 전능자의 권유로 아니면 규율 때문에 절제와 경건함에

힘썼다면, 이제는 내 삶 속에 세워 놓은 원칙을 변함없이 지켜 나가는 습관이 필요합니다.

갖가지 봄꽃이 유혹할지라도 먼저 안으로의 원칙을 지켜내며 봄을 즐겨야겠습니다. 여전히 똑같은 일의 연속이라도 마음가짐만은 한결 넓고 새로워지기를 소망하며 하루를 시작합니다.

빛과 그림자

가는 세월 막을 수 없으니 또 한 해를 보냅니다. 같은 사람과 같은 나날의 반복 속에서 좋은 습관 하나 들이자며 아침 예배를 드리기 시작한 지가 오래입니다. 교재를 골라 정하고 날마다 정해진 시간에 성경으로 묵상하고 서로를 위해, 가족과 우리가 알고 있는 모든 사람들을 위해, 기도하고 하루를 시작하니 마음이 편안합니다. 살다 보면 서로 투덜대기도 하고 의견 충돌이 있게 마련이지만 마주 앉아 예배를 드리기 위해서라도 빨리 화해의 분위기를 만들어 버리니 좋습니다.

성경은 이 땅에서 눈에 보이는 것만으로 삶의 가치관을 정하지 말아야 할 이유를 쉼 없이 설명해 주고 있어 자잘한 문제를 내려놓기에 좋은 지침서입니다. 그 내려놓음의 실천을 약속하며 하루를 시작합니다. 부정적인 말과 표현을 하다가도 스스로 움찔하여 생각을 바꾸어 먹습니다.

1월은 새해의 다짐으로 한 달이 가고, 2월은 음력설로 인해 다시 새해를 다짐하며 한 달을 보냅니다. 3·4월의 흐드러진 봄꽃과 여린 나뭇잎에 설렘도 잠시, 5·6월의 푸름은 금방 지나가 버립니다. 여름은 길고 더워 빨리 가기를 바라고, 찬바람이 불고 낙엽이 지나 싶으면 12월입니다. 이렇게 가 버린 1년의 시간은 생의 한 페이지가 되어 내 안에 저장됩니다.

자식의 자식들이 사랑스럽게 커 가는 모습을 즐기고, 좋은 사람들과 만나고 맛있는 음식을 먹고, 약간의 문화생활도 접하며 1년을 살았습니다. 무엇보다 한 달 동안 여름휴가를 내어 가족들과 여행했던 흥분된 시간들은 유독 추운 이 겨울을 따뜻하게 해 줍니다.

여름방학 한 달을 휴가로 보낸 일은 잊지 못할 추억입니다. 미 북부 뉴포트의 바닷가에서 아이들과 아이들처럼 놀던 일, 힘들게 찾아간 이름난 음식점에서 색다른 맛에 즐거웠던 일, 뉴욕의 명소를 찾아다니다가 늦은 밤길을 헤매고 웃어 대던 일, 긴 시간 운전 끝에 우연히 찾아간 캐나다의 아이스 와인 숍의 분위기에 와인의 취기로 들떠 있었던 일, 밤이 되면 잔디밭에서 반딧불이를 잡으러 뛰어다니던 손녀들의 웃음소리가 그대로 영상으로 돌고 돕니다. 기억하고 싶은 일들은 마음에 입력하여 되새김하며 삽니다.

순간순간 마음 아프고 우울한 일들이 더 많았다고 하면 욕심일까요. 사랑하는 사람들을 하늘나라로 떠나보낸 일로 우울했고, 나이 들어감을 실감하며 이곳저곳이 아프니 허전한 마음이 아픈 부위를 더 아프게도 했습니다.

어쩔 수가 없어 오래된 우정을 끊고 사는 친구를 생각하면 보고 싶고 당장 연락을 하고 싶어도 해결되지 않는 현실적인 문제가 너무나 골이 깊어 가만히 다시 내려놓습니다. 소원하는 것들과 계획한 것들이 더디어지고, 살아갈 날짜가 줄어듦의 조급함으로 마음만 앞서가곤 합니다.

삶 속에 어찌 다 좋은 일만 있겠습니까. 좋았던 일을 추억하고 아름다운 미래를 상상하며 희망의 끈을 놓지 않으려 애쓸 뿐입니다. 좋은 날보다는 우울하고 생각이 시끄러운 날이 많았다 할지라도 아침마다 드리는 예배를 통하여 긍정의 삶으로 매 순간을 편집하다 보니 좋은 날들이 부각되어 더 부풀려 사는 지혜가 조금 생깁니다.

원하지 않는 삶의 문제 앞에서 먼저 감사하는 마음을 가지려 애쓰고, 내게 닥친 문젯거리를 인정하고 당당하게 맞서는 수밖에 없습니다. 빛이 없는 그림자는 없기에 빛과 그림자로 서로를 감싸 안고 사계절을 잘 살아왔다고 스스로 위안 삼습니다.

6

밥, 그리고 어머니의 삶

아버지의 자리

아버지란 기분이 좋을 때 헛기침을 하고,

겁이 날 때는 너털웃음을 웃는 사람이다.

아버지란 울 장소가 없어 슬픈 사람이다.

아버지가 무관심한 것처럼 보이는 것은,

체면과 자존심과 미안함 같은 것이 어우러져서

그 마음을 쉽게 나타내지 못하기 때문이다.

인터넷 공간에 떠다니던 이을춘 시인의 「아버지란 누구인
가」라는 산문시의 한 구절입니다. 이 글이 마음에 와 닿는
것은 돌아가신 친정아버지의 마음이 왜 이렇게 겉과 속이 달
랐는지를 이제야 이해했기 때문입니다.

엄부자모(嚴父慈母)의 표상이었던 가정에서 태어나 확고한 아버지의 자리를 보고 자랐습니다. 아버지는 전통적인 사대부 집안에서 귀하게 자랐고, 경제적으로도 부족함이 없었으며 대갓집 아들로 글공부나 했으니 어려움은 몰랐을 것입니다.

이러한 환경이 당신의 성격 형성에 영향을 미친 것 같습니다. 어린 내 눈에도 책이나 보며 사람들과 어울려 밖의 일만 즐기는 한량이었습니다. 그러니 가정을 이끌기에는 역부족이었고 할아버지가 물려준 많은 재산도 지켜 내지 못했습니다.

아버지에게 부드러운 눈길을 기대하기란 생각할 수도 없었고, 심부름을 하고도 잘못된 일에 대하여 꾸지람만 들었으니 아버지는 그저 무섭고 부담스럽기만 했던 존재였습니다. 그 시절에도 감꽃 목걸이를 만들어 주거나 외제 크레파스를 사다 주던 아버지가 있어 부럽기만 했습니다.

그렇게 자식들에게 아무런 관심이 없다고 생각한 아버지가 어느 날, 학교 복도에서 교실 안을 살피고 있었습니다. 딸을 가르치는 담임에게 감사의 표시로 담배 한 보루를 들고 있던 모습이 유일하게 아버지에 대한 좋은 기억입니다.

큰 짐을 지고 허우적거려려야 했던 아버지가 왜 말없이 헛기침만 하고 살았는지 이해하게 됐습니다. 이 세상 어느 부모가 자식에게 관심이 없을 것이며 가족을 향해 화내는 일이 미움이었겠습니까. 남들보다 무거운 짐이 감당하기 힘들어 속으로 눈물을 많이 흘렸을 것이라는 걸 늦게야 알았습니다. 어쩌면 자식들에게 남처럼 해 주지 못한 아버지로서의 회한이 커서 침묵으로 일관했는지도 모릅니다.

지난 기억을 하나씩 떠올리다 보면 아버지의 화난 모습은 진심이 아니었으며 웃음도 웃음이 아니었다는 생각이 듭니다. 친정아버지는 연세가 드신 후에야 가슴에 쌓아 두었던 자식에 대한 후회스러움을 여러 가지로 표현하셨습니다.

친정 나들이를 하는 날이면 아침부터 서성이셨다는 엄마의 말을 전해 들었고, 겨울철이면 산길까지 눈을 쓸어 놓고 기다리시는 아버지에게 서운했던 감정이 조금씩 사라졌습니다. 어쩌다 용돈이라도 드리면 황송해하는 아버지의 모습이 민망스러울 정도였습니다.

아버지의 자리가 시대의 변화와 함께 달라짐을 봅니다. 요즘 젊은 아버지는 자신의 노후 준비는 물론 아버지 노릇까지 제대로 해 보려고 '아버지 학교'의 문을 스스로 두드리며 아버지의 역할에 충실하려고 애씁니다.

한국의 젊은 아버지들에게 자녀 교육 부담이 제일 크게 나타난다는 소식을 접하며, 시대의 변화에도 한 가정의 가장이라는 그 짐은 여전히 무겁다는 것을 알게 됩니다. 어쩌면 이 시대를 살아가는 젊은 아버지들은 몸과 마음이 과거보다 더 무거운 것은 아닐까요.

우리의 아버지들이 가부장적이었던 시절, 함께 살던 여인네들의 한을 대신하여 구시대의 값을 치르느라고 젊은 아버지들이 희생양이 된 것인지도 모릅니다. 아버지의 자리에 앉아 보지 않았지만, 어머니의 마음과 같을 것이므로 그 큰 짐을 이해하고 위로를 받아야 할 대상이 바로 아버지가 아닐까 생각해 봅니다.

아버지의 근엄한 얼굴 뒤로 숨은 생의 버거움과 고독을 살아생전에 깨닫지 못했다는 사실이 아버지의 자리를 회고하는 지금, 자식으로서 죄송할 뿐입니다.

꽃씨를 받으며

'신은 모든 곳에 있을 수 없어 어머니를 만들었다.'는 탈무드에 있는 말은 어머니에 대한 적절한 표현입니다. 신적인 존재인 어머니가 있는 이 아름다운 지상에 살고 있다는 것만으로도 신비스럽고 은혜로운 일입니다.

어느 어머니가 훌륭하지 않으며 한 몸에서 나누어진 자식들이 어찌 귀하지 않을까만, 유독 싫은 소리, 거친 말 한마디 없이 자식을 바라보던 어머니의 사랑이 나이 들면서 더 귀하게 여겨집니다.

세 아이의 엄마로 살아가며 어머니의 모습을 기억해 보면 도저히 따라갈 수 없는 것이 많습니다. 시대가 변했다고 쉽게 말할 수 없는 특별한 것입니다. 어릴 적에는 어머니가 사는 모습이 바보 같다는 생각을 많이 했습니다. 넉넉하지 않은 아버지의 성격에도 늘 침묵으로 일관하였고 누구의 인정을 받으려는 것도, 남의 눈을 의식한 외식적인 것도 아니었습니다.

어머니가 참고 양보만 하며 답답하게 사는 모습을 보며 내 자리를 확실하게 지키고 나를 우선하는 삶으로 살리라 다짐하며 살았습니다. 그 마음으로 성인이 되어 결혼하고 아내와 엄마, 여자로 당당하게 살려고 애를 썼으나, 그 애씀이 지나쳐 때로는 이기적인 생각으로 가족을 불편하게 했고, 내 자리를 인정받으려다 보니 서운함도 많았습니다.

어쩌면 어머니의 그 모습은 무섭고 호된 가정교육보다 더 우리의 정신을 번쩍 들게 한 어머니만의 방식이었음을 알아 갑니다. 어머니가 세상을 떠난 뒤 친척들은 특별한 분이었다며 칭송이 자자했고 젊지 않은 나이인데도 세상 떠나신 어머니를 아쉬워하는 사람이 많았습니다. 죽은 자의 평가가 장례식장에서 나타나는 것을 보았습니다. 어머니의 장례식장 풍경을 자주 떠올리는 것은, 자신을 되돌아보게 하기 때문입니다.

가을꽃이 만발하고 꽃이 진 자리에 씨가 여물어 갑니다. 코스모스와 분꽃처럼 모양이 다른 꽃씨를 골고루 받습니다. 햇빛을 피하지 않고 순응한 덕에 고운 색을 발하였고, 폭풍도 있는 그대로 넘기다 보니 가지의 선이 예술적으로 변하여 누구도 흉내 낼 수 없는 엄마만의 작품을 만들었기에 아직도 사람들에게 아쉬움으로 남아 있는 것입니다.

아름다운 꽃들이 아무리 잘난 척해 봐도, 비와 바람과 빛을 받아들이고 바보스러울 정도로 자신을 희생하지 않으면 그 자태로 태어날 수 없을 것입니다. 가을꽃처럼 우아하고 부드러운 모습 속에서 씨를 여물게 하며 자식의 미래만을 생각했고, 자신의 부족한 부분을 보충해 주고 영양가를 담아 주려고 드러나지 않는 고통과 한을 속으로 새기던 어머니는 자식들 스스로가 반듯하게 서 주기를 원했을 것입니다.

어머니의 씨를 받아 나 또한 꽃을 피워 내고 씨를 익히고 있습니다. 나와 닮은 꽃을 피워 보라고 자식에게 자신 있게 물려줄 나의 씨앗은 어떻게 여물어 가는지 속을 파내어 확인하고 싶습니다. 확인하고픈 마음은 부족함에서 오는 불안감 때문이겠지요.

만남과 이별

막내가 가족을 데리고 6년 만에 친정에 왔습니다. 우리가 그들을 방문했을 때와 또 다른 반가움입니다. 멀리 떨어져 살다가 오랜만에 만나니 가슴이 뛰는 반가움은 당연한 일입니다. 화상채팅을 통해 날마다 얼굴은 보고 지냈지만 편안한 마음으로 서로 껴안고 느끼며 가족의 냄새를 맡습니다.

세 살짜리와 6개월 된 손녀를 떠나보내고 그 보드랍고 따뜻한 아이의 감촉을 기억하며 살다가 1년에 한번은 먼 곳까지 가서 아이들과 지내곤 했습니다. 그런데 이번에는 한국으로 온다고 해서 오는 날짜를 손꼽아 기다리며 들떠서 살았습니다.

둘이 살다가 45일간 내내 세 딸 가족이 전부 모여서 살았습니다. 올처럼 더운 날씨 속에도 붙어 지내며 사람 사는 재미를 맛보고 있는데, 얼마나 힘이 드느냐는 이웃들의 인사에 입을 다뭅니다. 마음이 즐거우면 육신의 고달픔은 아무것도 아닙니다.

한국 방문의 의미를 새겨 주기 위해 함께 여행도 하고 서울 구경도 하며 하루하루 지내다 보니 돌아갈 날짜가 가까워 옵니다. 작은 손녀가 떠나기 3일 전부터 갑자기 나오는 울음을 참으려고 애쓰는 모습을 봅니다. 석별의 정을 생각하니 벌써부터 눈물이 굅니다.

떠나는 날 새벽에 여섯 살짜리 손녀가 울음을 참지 못하는 바람에 남편은 애써 창밖만 바라보고 아이들은 모두 눈물을 훔칩니다.

"화상채팅으로 날마다 보니까 그만 울어."

"아니 그건 안아 줄 수가 없어요."

어눌한 한국말로 이별의 슬픔을 전하는 손녀는 또다시 울음보를 터트립니다. 모두 침묵하며 이별의 슬픔을 삼키고 있습니다.

출구로 나가기 전에 함께 모여 앉아 사위가 기도를 합니다. 몸은 떨어져 있어도 서로의 마음은 늘 하나이니 건강하게 해 달라고 기도한 뒤 두툼한 봉투 두 개를 내밉니다.

"어머니, 아버지! 제가 용돈을 드리고 싶어요."

나도 모르게 눈물이 쏟아집니다. 용돈의 고마움이 아니라 용돈을 줄 만큼의 여유로 잘살아 주는 고마움 때문입니다.

그들은 떠났지만 다시 만날 수 있습니다. 만날 수 있는 이별은 얼마나 큰 행복인가, 스스로 위로해 봅니다.

밥, 그리고 어머니의 삶

"밥 안 줘?"

이유를 막론하고 남편의 이 말에 화가 나려고 합니다. 가장 간단한 문제를 풀지 못하고 남편과 마주 앉아 또 밥을 먹습니다. 나이가 들어가면서 식사량이 적어지고 한 끼 정도는 건너뛰어도 오히려 속이 편한 체질로 바뀌다 보니 식사 준비하는 것이 귀찮고 성의가 없어집니다.

사는 즐거움 중에 먹는 재미를 빼어 놓을 수 없으나 하루 세 끼 밥만 먹어야 하는 한국 사람들의 체질을 다 바꾸어 주고 싶을 정도로 '밥'소리가 무섭기만 합니다. 아이 셋을 키우며 대학 갈 때까지 도시락을 싸 주고, 하루 세 끼는 물론 손님이 항상 들끓던 때는 잔칫집처럼 밥을 많이 하고 살았습니다.

밥하는 요령이 생겨 간편한 메뉴를 즐겨했고 손 빠른 즉석 음식을 하다 보니 김치도 담가 보지 않고 시작한 결혼 생활의 노하우로 음식 만드는 일을 하며 삽니다. 할 줄 모르는 음식을 귀찮게 생각하지 않고 무슨 음식이든 해 보려고 노력하며 살아온 것이 스스로 대견스럽습니다. 그 덕분에 열심히 밥해 주었던 남편에게 이제 와서 새삼스럽게 오랫동안 들여진 습관을 다시 고치라고 할 수도 없습니다.

20년 전에 가신 어머니를 자주 만납니다. 거울을 볼 때마다 점점 처지는 볼 살과 푸석한 내 모습에서 어머니의 얼굴을 봅니다. 지금 내 나이였을 때에 어머니는 자주 아팠습니다. 여자로서의 삶을 다 내려놓고 이름뿐인 아내와 엄마의 역할에 힘겨워하던 어린 기억 속의 어머니는 늘 바쁘거나 아팠습니다.

먹을거리를 준비하기 위해 봄에는 풋보리를 털어 한 알갱이라도 놓칠세라 손으로 비벼 고르고, 한 끼 식사를 위해 맷돌로 갈아 밀가루를 만들어 반죽하고 텃밭을 더듬어 애호박을 따서 밀국수를 만드느라 베적삼이 젖어 있던 모습이 늘 내 안에 있습니다.

가족을 먹이고 입히기 위한 노동에 더하여 가을걷이가 끝나면 떡시루를 안치고 혹여 김이 새 떡이 설면 가족의 안녕에 해가 미칠까 시룻번을 정성스럽게 돌리던 모습이 지금도 선합니다. 잘 익은 떡을 확인하고 뒤뜰 장독대에 떡시루를 놓고 정성스럽게 빌고 나면 밤늦도록 부엌 정리하느라 거친 숨소리가 들리곤 했습니다.

오직 가족의 안위를 위해 쉴 틈 없이 움직이면서도 어머니는 귀찮다거나 힘들다는 표현을 쓰지 않았지만, 머리에 수건을 두르고 누워 있을 때가 많았습니다. 여자의 존재가 인격적인 한 사람이 아니라 소모품인 것처럼 취급받던 시대였기 때문입니다.

그에 비하면 지금 우리는 얼마나 가볍고 편안한 삶을 살고 있는지 모릅니다. 그럼에도 집안일이 많아 피곤해지면 가족에게 짜증이 납니다. 그럴 때마다 지금 내 나이 적의 어머니는 어떤 마음이었을까 궁금해집니다. 놋 주걱이 반 토막이 되도록 밥을 해대면서도 귀찮아하지 않던 어머니는 가족에게 밥을 먹일 수 있다는 뿌듯함으로 변함없이 가족 사랑을 보였지만 피로와 중년의 갱년기 증세로 앓아눕는 날이 많았다는 것을 어머니 나이가 되고서야 알게 됩니다.

시대가 달라진 지금은 자신의 가치관을 가족의 문제와 조금은 떼어 놓고 자기표현을 분명히 하며 '갑'의 자리로 살아갑니다. 어머니 세대에 비교하면 우리들은 아주 좋은 세상에서 살고 있습니다.

고액 연봉을 받는 골드미스가 늘고 틈틈이 자신을 위해 시간과 물질을 투자하며 종족 보존의 이유로 필요한 여자가 아닌 한 인간으로 알찬 인생 설계를 하며 살아갑니다. 육체노동은 줄었지만 일의 종류는 몇 배로 많아진 현대 여성들에게 밥 달라고 투정부리는 남자를 빗대어 이식이니 삼식이니 하는 우스갯소리가 생겨나는 것은 당연한 일인지 모릅니다.

아날로그에서 디지털 시대로 건너와 밥의 문화도 당연히 달라졌으나 아직도 '밥' 문제를 놓고 머뭇거리며 어머니에게 궁금증이 생깁니다. 남편의 식사를 돌아가실 때까지 챙기다가 사경을 헤매는 중에서도 '느이 아버지 밥은?'이라고 걱정을 하던 어머니는 남편에 대한 변함없는 사랑이었을까, 그 시대를 살아가는 모든 어머니들처럼 몸에 밴 습관이었을까. 어머니는 딸들에게도 죽을 때까지 가족의 밥을 지극정성으로 차려 주길 바라는지 궁금합니다.

또 밥할 시간입니다.

서로 다름을 즐기기

옷장을 열면 온통 검은색입니다. 검은색에서 벗어나리라 다짐하지만 옷가게에 들르면 여전히 검은색으로 손이 갑니다. 반대로 남편의 옷장은 원색입니다. 아무리 야한 색을 입어도 어색함이 없기에 내가 사지 못하는 색을 남편 옷으로 대신하며 맘껏 즐깁니다. 부부란 서로 다름을 즐기는 것이라고 합니다.

오랜 세월 톱니바퀴처럼 살면서 깨닫는 것은 젊은 날 쌓아 놓았던 떫은맛이 숙성하여 황혼 녘에는 단맛이 난다는 것입니다. 많은 세월을 살면서 다름을 불평했습니다. 생각이 복잡하고 매사에 조심스러운 내게 남편의 즉흥적이고 단순한 성격이 천생연분이련만 번번이 놀랍고 당황스런 때가 많았습니다. 생각을 거듭하며 조심스럽게 산 나보다 남편의 주변에는 편안한 사람들이 많아 부러울 때가 많습니다.

루소는 '우리의 첫 번째 충동은 언제나 선하다.'라고 했습니다. 생각이 복잡한 사람은 순수함이 없는 가식의 모습이 많았을 것이며, 매사 즉흥적인 행동에서 오는 순수함은 자연스럽게 사람에게 전해지고 가까이 다가올 수 있는 이유가 되었는지 모릅니다.

단정하게 옷을 입으라고, 공공장소에서 목소리를 낮추라고, 음식을 먹으며 소리 내지 말라고, 신앙인으로 매사에 경건하게 살라고 잔소리했습니다. 사람의 습관이나 타고난 성품은 고쳐지지 않으며 기운만 빼는 일이라는 것을 알면서도 끈질기게 변화를 요구했습니다. 다른 사람에게도 이런 잣대를 들이대며 정죄하고 비판했을 것입니다.

사람을 가리며 산 어리석음의 결과는 외로움입니다. 그 외로움을 정성스럽게 보듬어 용기를 주는 한 남자로 인해 위로를 받습니다. 큰 나무 그늘 밑에서 맛있는 열매를 따먹으면서 먼 곳만 바라보았습니다. 생활 속의 작은 문제도 홀홀 털어내지 못하는 여자를 바라보며 쌓인 한숨이 주름으로 나타났는지 남편의 주름 속에 나의 욕심과 이기심, 답답함과 안타까움이 보입니다.

프루스트는 '유일하게 가능한 낙원은 우리가 잃어버린 것들'이라고 했습니다. 지난날에 연연하지 말고 이제라도 서로 다름을 즐겨야겠습니다.

아가가 본 세상

나는 이 세상에 나온 지가 열다섯 달 되었습니다. 따듯한 곳에서 맛있는 음식을 먹으며 걱정이 없는 나날을 지내다가 세상 밖으로 나온 날, 한꺼번에 많은 사람을 만났습니다. 잘생긴 의사 선생님은 "엄마 아빠, 이리로 와 봐." 하더니 나를 가운데 놓고 가족사진을 찍어 주었습니다.

나는 곧바로 신생아실에 옮겨졌는데 여러 친구도 많았지만 엄마 같은 아줌마들이 나를 안고 우유를 먹여 주었습니다. 이제까지 먹어 왔던 음식과는 전혀 다른 맛이었습니다. 틈틈이 엄마와 아빠가 나를 보러 와서 한참씩 보고 가는가 하면 낯모르는 사람들이 유리창 밖에서 나를 보고 신기한 듯 들여다보다가 가곤 했습니다.

어느 날, 나는 처음으로 병원 바깥으로 나왔습니다. 높은 빌딩과 나무와 하늘과 뭐가 뭔지 모르지만, 처음 보는 세상 구경에 넋이 나갈 지경이었습니다. 나는 식구들이 모여 있는 외할머니 집으로 갔습니다. 문에 들어서자마자 형아가 험상 궂은 얼굴로 나를 노려보더니 나가라고 소리를 질렀습니다. 나는 깜짝 놀랐습니다. 배가 고파서 울어도 엄마는 형아가 있는 곳에서는 절대로 젖을 주지 않았습니다. 난 잘못한 것도 없고 형아를 미워한 적도 없는데 이해할 수가 없습니다.

아무도 보지 않을 때 형아에게 꼬집히기도 하고 박치기를 당하기도 합니다. 스트레스가 쌓이면 있는 힘을 다해 울었습니다. 요즘에는 다른 방법을 쓰고 있습니다. 화가 나면 이마로 바닥을 쿵쿵 찧으면 속이 좀 풀립니다.

오늘도 형아가 장난감을 빼앗아 가는 바람에 정말 억울해서 견딜 수가 없었습니다. 화를 풀기 위해 마루에 머리를 힘껏 헤딩을 하고 싶었지만, 아플 것 같아 꾀를 짜내었습니다. 매트가 깔려 있는 곳으로 기어가서 머리를 힘껏 찧었더니 한결 속이 후련합니다.

정말이지 세상살이가 만만한 것이 아닙니다. 무엇이 정의로운 것인지 거짓된 것인지 아직 분간이 서지 않습니다. 생각해 보면 세상은 공평하다는 생각도 듭니다. 억울하고 분한 마음이 들다가도 위로가 되는 것은 아침에 일어나면서부터 나는 굉장한 대접을 받기 때문입니다. 기저귀를 갈아 주는 사람, 과일을 갈아서 먹기 좋게 만들어 먹여 주는 사람, 분유를 타서 적당한 온기로 만들어 주는 사람, 온통 식구들이 나에게 관심을 갖고 모든 눈길은 내게로만 향합니다. 형아의 심술쯤은 얼마든지 참을 수 있습니다.

회한(悔恨)

　빨간 장미무늬가 있는 이불을 장만했습니다. 큰언니가 마지막 항암 치료를 끝내고 우리 집에서 쉬기로 했기 때문에 밝은 분위기를 만들려고 준비한 것입니다. 그런데 투병 중이던 큰언니가 회복이 되나 싶더니 하늘나라로 갔습니다. 오늘 언니 장례식을 치르고 와서 언니가 묵어 가던 빈방에 펼쳐 놓은 이불을 보니 어지럼증이 일어납니다.

　하늘나라는 어떤 곳일까, 시간과 물질이 있어도 가 볼 수 없는 그 나라가 궁금합니다. 부모이자 친구처럼 정신적 지주가 되어 주던 언니를 다시 볼 수 없다는 기막힌 일이 믿기지 않습니다.

　낯모르는 어느 문중의 선산 중턱, 차디찬 땅속에 묻히는 언니를 바라보며 후회스러워 가슴을 칩니다. 좀 더 많은 시간을 함께하지 못한 아픔에 가슴이 아립니다.

"언니! 먼저 가서 편히 쉬어요. 우리도 뒤따라갈게 그때 만나요."라는 말로 죽은 자를 위로하고 스스로 위로하지만 서럽고 또 서러워 회한의 눈물이 자꾸만 납니다. 고인에게 미안하다는 말만 되풀이하며 울다가 정신을 차려 보니 한 해가 지났습니다. 뒤돌아보니 가까운 주변의 사람들이 많이 떠나갔습니다. 그들과 이 땅에 함께 살고 있을 때, 살아가는 일이 분주하여 자주 만나지 못했습니다.

자식을 만나는 일이 유일한 낙이었을 부모님의 마음을 다 헤아리지 못했고, 투병하는 이들의 고통을 조금이라도 덜어 줄 수 있도록 자주 찾지 못하고 살았습니다.

시간을 내어 함께 있어 주고 상대의 말이 지루하고 식상해도 정성껏 들어주는 일이 당연함에도 내 앞에 널린 문제에만 마음을 썼습니다. 마주앉아 대화하면서도 상대의 눈을 바라보며 그가 말하려는 그 이상의 것까지 알아내려는 노력이 부족하였습니다.

현대인의 생활 중에서 가장 큰 병폐는 정신을 차릴 수 없이 바쁜 것입니다. 그 '바쁨'의 대부분은 자신만의 욕망을 채우기 위한 것이어서 조금만 주변을 돌아보고 산다면 후회의 가슴앓이는 하지 않아도 되는 일이었습니다. 시간을 재며 사는 일을 내려놓지 못하고 작은 사랑의 실천도 못하고 사람이 떠나고 나서야 후회를 합니다. 경험자들은 때늦은 후회보다 현재에 사랑하며 살라고 강조하지만, 여전히 사랑하는 사람을 떠나보내고 나서야 그들의 말을 이해합니다.

형부가 49재에 바치는 한시를 지어 무덤 앞에 묻어 주고 통곡합니다. 정치에 중독되어 평생 언니의 가슴을 쓸어내리게 했던 형부는 언니를 사랑하는 마음은 지극했지만, 그 마음을 읽지 못한 것에 대한 회한이 컸을 것입니다. 자신의 높은 명예로 언니를 더 행복하게 해 주겠다는 착각으로 무너져 가는 아내의 건강을 알아차리지 못했던 것입니다. 아내가 원하는 것이 무엇인지 이해하고 한마음이 되어 주지 못했던 상실감을 살아가며 어찌 감당할는지요.

나 또한 그랬습니다. 일한다는 이유로 외로운 시간을 함께해 주지 못하고 병실에도 자주 드나들지 못했습니다. 좋은 기회라고 생각하며 언니가 집으로 올 날만 기다렸는데 병이 악화되어 장미꽃 무늬의 이불을 덮어 주지도 못하고 언니는 그렇게 영영 떠나 버렸습니다.

사는 일이 사랑하는 일이요, 사랑하는 일이 사는 것이어야 했습니다. 먼저 간 사람들과 다시 만날 수 있는 나라가 있다면, 그곳에서는 "미안해요."라는 말이 필요 없는, 후회가 없는 나라였으면 좋겠습니다.

100세 노모를 보며

100세의 노모는 당신의 존재를 알리려 매사에 시위를 합니다. 기도 소리가 더 커지고, 빨리 가야 하는데 큰일이라며 한숨 소리가 크고, 베란다에 내어놓은 소파에 외롭게 혼자 앉아 있는 모습이 측은해 보입니다. 노인들의 마음이 잘 보이는 것은 나도 나이가 들어가기 때문입니다.

이른 아침을 먹고 직장으로 가는 소리, 정신이 어지럽도록 바쁜 자식들의 아침 시간 속에서 젊은 날을 회상할 것입니다. 손수 밥을 지어 자식들에게 먹이며 분주하던 젊은 날의 일은 추억일 뿐이겠지요.

부드러운 음식을 가까이 놓아 드리지만 멀리 놓여 있는 딱딱한 음식에 구미가 당기는지 손을 뻗어 집어 든 반찬에 어느새 밥그릇이 비워 가지만, 며느리가 흉이나 보지 않을까 싶었는지 속도를 늦추는 듯합니다.

설거지를 돕고 싶지만 두 번 손이 가는 일이라며 며느리가 손사래를 칩니다. 청소나 도와줄까 싶어 대걸레를 집어 드는 순간, 로봇 청소기가 뛰쳐나와 집안 구석구석을 청소합니다. 자세히 가르쳐 주기만 하면 얼마든지 할 수 있는 자동세탁기 작동법도 혹여 실수라도 할까 접습니다.

아직도 살아 있다는 것이 참담하다가도 아들 앞에서는 마냥 행복하기만 합니다. 귀가 점점 어두워져 듣지 못하니 손짓으로 겨우 소통하는 일이 답답하여 자식들의 입모양을 바라보며 대충 짐작하지만 온통 내 말만 하는 듯 마음이 쓸쓸합니다.

늙으면 어린아이가 된다지요. 100세의 나이에도 여전히 몸과 마음이 건강하고 삶의 지혜도 넘쳐나지만, 그래서 더욱 노후의 삶이 힘겨울 수밖에 없을 것이라는 생각이 듭니다.

산후 조리를 위해 잠시 와 있는 딸과 다니러 오신 시어머니와 4대가 모여 두어 달 함께 지냈습니다. 부모에게 효도보다 내 자식에게 마음이 더 갑니다. 모처럼 함께 지내게 되는 딸과 갓 태어난 손자에게 마음을 빼앗기니 노후 대책을 세우기에는 노인의 모습보다 더 좋은 교과서가 없습니다.

자식들에게 짐이 되지 않기 위해 건강을 지키고, 내가 거처할 집만큼은 움직일 수 있는 동안 지켜야 하고, 어디서든 약간의 수입이 나오도록 해야 하며… 등 여러 생각이 많습니다.

여러 가지 조건 중에서 무엇보다 안타까운 일은 하루하루의 생활이 무료함입니다. 외출도 못하고, TV도 소리를 들을 수 없으니 소용없습니다. 제일 큰 숙제는 시간의 무료함을 어떻게 견뎌야 할지입니다.

어머니는 가족에게 자주 편지를 씁니다. 함께 사는 아들에게, 만나 본 지가 오래된 딸에게, 결혼하는 손자손녀에게, 갓 태어난 증손들에게 받침이 없는 한글로 편지를 쓰곤 합니다.

무엇이든 하얀 공간이 있는 종이를 모아 놓고 누구에게라도 편지를 쓰는 일은 참 좋은 시간 때우기인 듯합니다. 어머니를 바라보며 나의 노후를 준비해야겠다고 다짐합니다. 자식들에게 받은 용돈을 남편 사진 밑에 두었다가 쓴다는 어머니가 혼잣말을 합니다.

"별일이여. 자슥들이 돈을 주면 원제던지 사진 밑이다 늣다가 쓰는디, 똑같은 돈이라두 원제는 웃구 원제는 찡그려어—"

남편의 사진 앞에서 얼마나 많은 억울함과 서러움을 토해 냈기에 수년 전 돌아간 남편의 표정을 읽을 수 있는 것일까요. 생과 사의 분별없이 죽은 남편과 용돈까지 함께 쓰는 지혜도 배워야 합니다.

노인들의 말 한마디도 지금 우리에게 필요한 삶의 기술임을 인정하지 않을 수 없습니다.

7

쉼표

나쁜 놈!

"이놈들이 나중에 인간들을 잡아먹을 거야. 나쁜 놈!"

강의 중에 걸려온 전화를 확인만 하고 내려놓으며 선생님이 한마디 던집니다. 인간관계를 망치고 사람의 영혼까지 병들게 할 스마트폰의 미래를 염려하는 마음일 것입니다.

요즘은 너 나 할 것 없이 다 정신병자 같습니다. 지하철이나 길거리 운전 중에도 예외가 아니어서 혼자 무슨 말이든 합니다.

젊은 부부가 남매를 데리고 와서 앉자마자 각자 스마트폰에 집중합니다. 한마디의 대화도 없이 계속되는 각각의 세상에 빠져 있는 동안 아이들은 산만하게 홀 안을 오가며 부산스럽습니다. 주문한 차를 갖다 주어도 반응이 없습니다.

사람들은 그 기계를 신주단지 모시듯 끌어안고 홀에서 좋은 음악이 흘러도 무반응, 정성스럽게 준비한 차가 식어도 관심 밖입니다.

사람과 사람이 눈을 보며 대화를 해도 소통이 쉽지 않은 이 시대에 별난 기계가 모두를 망치고 있음을 봅니다. 이제는 나이 든 어른들도 온통 그 속에 빠져서 이 찬란한 봄날에 봄꽃을 제대로 감상하지 못하고 자연의 소리도 듣지 못하고 신기한 기계 속으로 빨려들고 있습니다.

별난 기호를 섞어 글을 올려야 이 시대에 사는 사람 취급을 하는지 어른들에게도 이런 기호들로 안부를 보내는 일이 예사입니다.

반도체 직접회로의 성능이 18개월마다 2배로 증가한다고 합니다. 하루가 다르게 빨라지고 똑똑해지는 기계가 괴물로 여겨지는데 이제는 '생각의 기계화'가 금방 현실로 다가오고 있습니다. 인간의 생각 기능까지 대체할 기계가 발명된다면 지금 우리는 어떤 준비를 해야 할까요.

아마도 기계치들끼리 모여 사는 공동체를 만들고 저 똑똑한 기계들을 왕따시킬 수 있는 대책을 마련해야 할 것 같습니다. 호흡도 없이 죽은 시체처럼 딱딱한 기계들이 친구 맺자고 다가올 것입니다.

이태리타월

이제 겨우 손짓 발짓으로 의사소통을 하는 아기들이 그들만의 대화로 잘 놀고 있습니다. 한 아기가 갈증이 났는지 물을 찾습니다. 냉장고 속의 주스를 따라 먹여 주려고 하니 자기가 먹겠다고 고집을 부립니다. 찬 음료를 마시고 있는 아기 앞으로 또 다른 아기가 다가앉으며 자기도 먹고 싶다는 손짓을 합니다. 빼앗기지 않으려고 이쪽저쪽으로 피하며 돌아앉던 아기가 눈을 반짝이며 이 세상에 나와 처음으로 배운 말을 합니다.

"앗 뜨거."

평소 엄마가 위험한 물건에 손을 대지 못하도록 습관적으로 내뱉던 말입니다. 말을 배우면서부터 천연덕스럽게 거짓

말하는 아기를 보고 그냥 웃을 수밖에 없습니다.

　오래전 피아노 학원을 경영하던 때의 일입니다. 교사들이 아이들에게 까다로운 음악이론을 가르쳐 주고 한 사람씩 나와 구두로 시험을 치르는 시간이었습니다. 이론이 적혀 있는 아이의 연습장을 교사에게 넘겨주고 묻고 대답하는 형식이었습니다. 평소 실력보다 대답을 척척 잘하는 아이를 한껏 칭찬해 주고 연습장을 넘겨주던 선생님이 갑자기 터지는 웃음을 멈추지 못했습니다. 알고 보니 이론이 적혀 있는 앞면을 넘겼을 때를 예상해서 상대의 눈이 가지 않는 뒷부분에 깨알 같은 커닝 메모를 해 놓고 있었던 것입니다.

　내가 중심이 되어 살 수밖에 없는 인간의 본능 때문에 어린아이들의 이런 눈속임이 죄라고 생각하기 전에 웃음이 나옵니다.

　사람이 모인 곳에는 어디서나 거짓말이 난무합니다. 저마다 우국지심으로 애국을 외치던 정치가들의 마음이 변질되고, 과학과 의학계의 웃지 못할 여러 가지 명분의 거짓말이 늘어 갑니다. 꼬리에 꼬리를 무는 진실 가려내기는 불가능한 일이라 여겨집니다.

　거짓말을 그럴듯하게 하는 사람들이 꽃과 열매를 다 차지하고, 그 거짓말을 잘 가려내기 위해 고도의 거짓말 탐지를 하는 일은 보통 사람의 몫이 되어 쓰레기와 같은 짐만 무거워집니다.

이 혼란의 시대를 살면서 누구나 진실하게 살아 보려는 마음이야 있겠지만, 온통 거짓뿐인 것 같은 사람 속에서 자신을 다스려 나가기가 만만한 일이 아닙니다.

어느 영화의 대목입니다.

"인생은 이태리타월이야."

누구나 저지르는 실수나 거짓말은 이태리타월로 빡빡 닦아 내고 '어떻게 새롭게 살아내느냐. 아니면 여전히 그 자리에 머물러 예전 모습으로 살아가느냐.' 하는 이야기입니다.

신은 인간에게 자유의지라는 선택권을 주었지만, 원초적인 본능을 누를 수 있는 의지력을 너무 약하게 주신 것 같습니다. 그렇다고 신을 탓할 것이 아니라 지금 내 앞에 서 있는 이가 신이라 여기며 그로 인해 나를 닦게 하고 이제부터 어떻게 살아 내야 할지를 묻고 변신해야 함에도 날마다 흔들리는 일이 많습니다.

욕심으로 꾸며 낸 아기의 한마디와 커닝 메모의 영악한 속임수는 어른들의 흉내 내기입니다. 지금 어른들의 거짓말은 생활의 기본까지 흔들리는 의도적인 것이어서 극에 다다르고 있습니다. 그 무서운 거짓말로 혹독한 대가를 치르는 모습을 보면서 쓴웃음이 납니다.

 생활의 기본 원칙까지 흔들었던 거짓말의 경험이 있다면 이태리타월로 벗겨 내고 그에 버금가는 진실한 삶의 노력이 뒤따라야겠다는 생각을 각자 선 자리에서 다지고 실천하며 아이들에게 모범을 보일 방법밖에 없습니다.

파지 줍는 노인

　파지를 모으려고 날마다 집 근처를 돌아다니는 80대 노인이 있습니다. 자신만큼이나 낡은 자전거를 끌고 더딘 손놀림으로 종이 박스는 간추려 묶고 종이를 고릅니다. 기운이 빠진 손으로 박스와 종이를 간추려 묶지만, 금방 풀어질 것 같아 내 손에 힘이 갑니다. 작은 몸집이지만 선이 뚜렷한 이목구비에서 젊은 날의 강인한 모습이 느껴지는 노인입니다. 때로 우두커니 먼 곳을 응시하는 모습이 쓸쓸해 보여 가만히 지켜보고 있노라면, 오래전 추억을 회상하는 듯 엷은 미소가 스치기도 합니다.

　노인에게 일거리를 만들어 주기 위해 종이 박스 하나도 함부로 할 수 없습니다. 소주를 좋아하는 노인에게 가끔 소주를 대접하면 세상 시름이 다 잊은 듯 환하게 웃습니다. 삭정이같이 금방 부스러질 것 같은 체구지만 생의 끈을 놓을 수 없는 한 가닥 빛이 남아 있습니다.

"이렇게 용돈 벌어서 우리 할멈하고 살아."

자신이 몸을 움직여 가족을 부양할 수 있다는 것이 자신의 삶을 지탱해 주는 이유인 듯 진지합니다. 누군가의 생활을 책임져야 할 입장에 놓이면 자신이 반듯하게 서 있지 않고는 감당할 수 없는 일이니 긴장이 따를 것입니다.

하루도 빠짐없이 동네 구석을 살피며 무엇에도 한눈을 팔지 않는 단호한 몸놀림을 바라보며 삶의 에너지를 공급받습니다. 자식은 있는지, 노후 대책은 왜 세우지 못했는지 궁금하지만 참습니다. 그의 사정은 그럴 수밖에 없는 그만의 이유가 있을 것이기에.

노후의 대책을 제대로 세우지 못하고 초라한 노후를 지내고 있는 이 시대 부모들이 많습니다. 자식들에게 지나간 보릿고개를 이해시킬 수 없으니 노인 스스로가 대책을 세울 일밖에 없습니다. 일을 하기에는 몸이 늙었고 사회가 그 일에 적극 나서 주지도 못합니다. 마음과 배가 고파도 자식에게 하소연하기가 힘든 것은 시대에 따른 자식 교육과 그들 앞가림도 버거운 현실임을 잘 알고 있기 때문입니다.

어느새 노인 문제에 관심이 가는 나이가 되었습니다. 상상만 하던 일이 눈앞의 현실로 다가와서 삶보다 중요한 죽음의 문 앞에서 끝없이 외롭고 고통스럽다면, 어떤 마음가짐으로 그 문을 향하여 당당하게 걸어 나갈 수 있을까요.

삶의 순간마다 꿈꾸던 일이 현실로 이루어지지 않더라도, 아주 작은 소망 하나에 만족하는 마음공부가 필요한 때입니다.

오늘도 종이 박스를 모아 내어놓습니다. 할머니의 생활을 위해 파지를 많이 모을 수 있는 날, 그 노인에게는 나름대로 보람과 삶의 기쁨은 있을 것입니다. 그게 아니라면 젊은 날을 추억하며 미소 짓는 하루하루가 되기를 바랄 뿐입니다.

통하지 않은 편법

영국 날씨에 대한 선입견과는 달리 하늘 전체를 빨간 노을로 물들인 히드로공항의 풍경이 내게 안깁니다. 자연의 질서와 오묘한 변화는 어떤 편법도 통하지 않기에 사람들은 창밖으로 목을 빼고 탄성을 지릅니다.

사람들이 붐벼 가장 복잡하다는 히드로공항은 원칙과 규정을 완고하게 지키는 곳으로도 유명하다고 합니다. 이런 곳에서도 대한민국의 빨리빨리 습관은 여지없이 드러나는 일이 벌어집니다.

젊은 가이드는 여행객을 편안하게 모실 마음으로 짐 찾는 번거로움을 덜어 주기 위해 공항 직원과 사전에 짜 맞춘 각본이 있은 듯합니다. 기내에서 지쳐 피곤한 모습인 우리들을 화장실 옆에서 족히 2시간은 세워 놓고 감감소식인 젊은 이를 기다리는 것으로 유럽 여행이 시작되었습니다. 가이드는 우리가 짐을 더 빨리 찾아 숙소로 갈 수 있게 해 주려고 머리를 썼지만, 통하지 않는 편법에 일이 더디게 되었고 사람들에게 불평만 사고 말았습니다.

분명 편법의 맛을 보았던 경험이 있음으로 큰소리쳤을 것이지만, 빨리 가려다 돌아가는 일이 한두 가지가 아닙니다. 이국의 낯선 공항 한구석에 몸이 꼬이도록 오래 세워 놓은 민망함 때문에 난감해하던 젊은 가이드는 자신들이 대한민국의 얼굴이라는 것을, 그리고 자신의 행동이 유럽 국가들에게 어떤 영향을 끼치고 있는지 명심했으면 좋겠습니다.

여행에서 돌아와 들뜬 기분이 거의 가라앉을 무렵, 젊은 가이드가 잘 포장한 CD를 보내왔습니다. 이태리 토스카나 지방을 지나는 버스에서 들었던 음악이 좋아 물었을 뿐인데, 그것을 기억하여 바쁘고 피곤한 중에 선물을 보내 준 젊은이의 성의가 새삼 고맙습니다.

우리 관광객들을 낯선 공항에 오래도록 세워 두었던 게 미안해서였든 다른 이유가 있어서였든 최선을 다하려는 마음만은 예쁘게 봐주기로 합니다.

환경보호를 생각하며

　11월 날씨가 심상치가 않습니다. 김장과 땔감 이야기가 나오는 이때쯤이면 두꺼운 옷을 겹겹이 껴입고 외출하는 그 따듯한 기분은 겨울에 맛보는 즐거움입니다.

　11월인데도 봄철 같은 훈훈한 바람이 일어 반소매 차림으로 텃밭에 나갔더니, 때 아닌 냉이를 비롯한 봄풀이 이곳저곳에 퍼져 있고, 제비꽃이 때도 없이 피어 어색한 표정으로 웃고 있습니다. 땅에 손을 대어 보니 뜨듯한 기운이 느껴지고 땅속에서 불이 터져 나올 것 같은 두려움마저 듭니다. 철 모르고 돋아난 봄 풀꽃들이 금방 닥칠 추위에 다 얼어 죽을 생각을 하니 안타깝습니다. 파괴된 환경을 그들은 어떻게 대처할까요.

세계 곳곳에서 여러 형태의 자연파괴 현상이 일고 있는데, 환경운동가들의 활동만으로는 어떤 대책도 세워지지 않을 것입니다. 누구나 자기가 선 자리에서 그 문제를 고민하고 힘쓰려는 자세가 필요한 때입니다.

오래전에 읽은 베르나르 베르베르의 『개미』라는 소설 속에 나오는 글이 생각납니다. 봄철에 개미를 잡아먹는 청딱따구리가 개미의 집을 파헤치고 개미를 잡아먹는 과정에서 작은 불개미들은 알들을 지하로 대피시킨 뒤 위기에 대처하는 내용입니다.

그 북새통에서도 병정개미들 계급 중 포수 개미에 속하는 개미들은 특공대를 형성하고 긴급 작전을 떠맡는다. 그들이 청딱따구리의 몸 중에서 가장 취약한 부분인 목을 둘러싼다. 그런 다음 몸을 뒤집고 근접 사격 자세를 취한다. 그들의 배가 총이 되어 청딱따구리를 겨냥하고 있는 것이다. 발사! 포수 개미들은 괄약근에 있는 힘을 다 주어 고농축 개미산을 발사한다. 청딱따구리는 갑자기 누군가 가는 핀으로 만든 목도리로 죄어 오는 듯한 고통스러운 느낌을 받는다.

발버둥치는 새의 한편에서는 병정개미들이 냄새나는 꼬리

부분에 있는 항문을 찾아 뚫고 들어가 몸의 혈관을 다 물어뜯고 마지막엔 심장에서 머리로 피를 보내는 목의 동맥을 찾아 끊으며 거대한 날짐승을 산산조각을 내는 내용입니다. 불개미들의 협동심처럼 우리도 환경에 대해 무언가 대책을 논의하고 행동으로 나아가야 할 것입니다.

자기 아기에게 아토피가 있는 어느 엄마는 서울 근교에서 제일 살기 좋다고 소문난 아파트를 찾아가 살면서, 아이의 아토피가 더 심해지는 이유를 알아냈다고 합니다. 아름다운 공원 조성을 위해 계절마다 나무에 뿌려 대는 살충제로 인해 새소리가 끊기고 가끔씩 죽은 새를 들고 들어오는 아이를 데리고 또 어디로 가야 할지 갈등하는 글을 보았습니다.

쉽게 빼어 쓰는 비닐봉투의 사용도, 힘 안 들이고 찌든 때를 벗겨 내는 독한 세제, 파마와 염색으로 상큼하게 보존되어야 할 머리의 두피는 더 이상 어떤 창의력도 길러 낼 능력이 없어지는 것 같아 우울해집니다.

세상이 살기 좋아졌다며 생각 없이 사용하는 갖가지 일회용품들을 어떻게 하면 줄일까, 주부인 여자들이 지혜를 짜모을 때입니다.

세계에서는 연일 지진과 해일, 화산폭발 등 자연재해의 소식이 넘치는데, 오늘 나 한 사람 안전하게 살았다 해서 감사할 일이 아닙니다. 사랑스러운 우리 아이들이 앞으로 세상을 어떻게 살아갈지 걱정입니다. 이 걱정거리가 한 사람만의 힘으로 불가능한 것이기에 불개미 같은 협동심으로 죽을힘을 다하는 노력이 아니고는 불가능한 일입니다.

미물인 새나 곤충도 지구의 좋지 않은 기운을 느끼고 피신하거나 나름대로 대책을 마련한다고 하는데 만물의 영장이라는 우리 인간들은 지금 당장 나 한 사람 편안함과 안전함에 만족하며 갖가지 욕망과 욕심에만 빠져 지구의 아픔에는 관심도 없어 보입니다. 눈에 불을 켜고 모아 놓은 내 것을 들고 우리는 어디로 갈까요. 달나라는 아직도 준비가 필요하고 시간도 없습니다.

불개미들이 그들 앞에 벌어진 어마어마한 사태를 수습하는 지혜를 배워야 합니다. 추워서 이불을 뒤집어쓰고 앉아 숙제하던 시절이 있었고, 한 이불 속에서 서로의 발을 포개고 웃음소리가 끊이지 않았던 무공해 시절의 추억을 떠올려 봅니다.

환경보호의 일환으로 냉장고의 음식 재료를 보이는 플라스틱에 담아 차곡차곡 넣으니 꺼내 쓰기도 편하고 일회용 비닐도 쓰지 않게 됩니다. 후세의 아이들을 생각하며 생활 속에서 환경파괴 원인을 생각하며 나쁜 습관 하나씩 줄여 갑니다.

쉼표

"아프다."

어제 일기의 딱 한 줄 내용입니다. 지친 내 몸이 말을 걸어 오는 중입니다. 몸은 정확합니다. 왼손잡이의 왼손과 어깨 가 불편한데 쉬어야 한다는 것을 알면서도 여전히 일상을 내려놓지 못하고 있습니다.

가게를 열고 쉼 없이 일했습니다. 모처럼 추석명절 덕분에 가게 문을 닫고 3일간 휴가를 보냅니다. 오붓한 시간을 갖 기 위해 아침부터 가족의 먹을거리를 준비하려고 마트에서 부지런히 움직이는데 딸아이가 한마디 합니다.

"엄마! 한 템포 느리게."

습관적으로 바쁘게 움직이는 엄마를 보면 불안감이 앞선

다며 주의를 줍니다. 쉬는 것도 계획을 세워야 하는 성격이고, 직접 가서 읽고 만져 보고 책을 사는 습관 때문에 다시 집을 나섭니다. 편안한 운동화를 신었는데 힘이 부쳤는지 마음이 앞질러 간 때문인지, 헛발을 딛고 살짝 넘어졌는데 발가락뼈가 금이 갔습니다.

뼈가 뼈들에게 도움을 청하며 비상이 걸렸는데 정작 가해자는 책임이 없는 양 치유의 기간만 헤아립니다. 발가락뼈 하나의 고장으로 온몸이 불편하니 나음의 시기는 쉼표의 길이만큼 기다려야 합니다.

잘못된 일을 후회하기보다 일어난 일 앞에서 적응이 필요하므로 치료 기간에 책이나 실컷 보리라 마음을 가다듬습니다. 매사에 몸의 움직임을 늦추고 내면의 소리에 귀를 열어야 한다는 이론은 알고 있으나 실천하지 못하고 살았습니다. 완벽하지 않아도 되는 일에 매달려 종종거리는 내게 몸이 말을 걸어온 것입니다.

지친 몸의 휴식은 책과 음악으로 충분하고, 찾아오는 사람들과 수다도 떨며 남편이 해 주는 밥을 투정까지 하면서 여유를 부리고 있습니다. 날마다 바쁘다는 말을 입에 달고 사는 분에게, 동동거리는 나를 주저앉히려고 어떤 분이 내 발을 8주 동안 묶어 놓았다고 했더니, 그분이 누구인지 자기도 소개를 해 달라고 해서 한바탕 웃습니다.

일생을 살며 중요한 기회가 몇 번씩 주어진다고 하는데 모든 사물에 마음을 열고 살아야만 절대자는 매 순간마다 크고 작은 일로 말을 걸어와 길을 인도합니다. 겸손이 필요할 때는 사람 앞에 실수를 연발하고, 검소함이 필요하면 지갑이 비어 갑니다. 침묵이 필요하면 말실수가 많아지고, 건강을 챙겨야 할 때는 피곤함으로 신호가 오니, 몸이 고장이 나서야 깨닫는 어리석음을 저지르지 않아야겠습니다. 속도를 늦추면 삶이 즐거워진다는 충고와 함께, 조용한 시간에 흐트러진 생각을 모으는 생활 습관을 새롭게 하지 않을 수 없습니다.

건강에 신호가 들리기 시작하는 것은 슬픈 일입니다. 세상을 떠나며 몸에게 고맙다고 말할 수 있도록, 생활의 쉼표를 무시하는 일은 없어야겠습니다. 몸 상태가 지쳐 있음을 알고 적절한 시기에 마침표가 아닌 쉼표를 찍어 준 분에게 고개를 숙입니다.

흔적

흔적이란 확실하면서 때론 애매모호함입니다. 4월의 아름답고 화사한 봄꽃은 열흘 정도가 지나면 봄비 속에 으깨져서 자취를 감추고 푸른 잎이 꽃자리에 들어앉습니다.

구름과 바람도 분명 존재하고 있었던 것인데 흔적이 없습니다. 마음의 상처도 용서가 되었다 하더라도 흔적은 지워지지 않습니다. 몸의 상처로 인해 남는 흉터는 오랜 시간이 흘러도 그때의 상황을 기억하게 합니다.

시골 동네에서 찻집을 운영하며 가게에 왔다간 사람의 흔적을 남기려 짧은 글이라도 기록하며 지냅니다. 다녀간 그들이 볼 수 있는 흔적은 없지만, 말 한마디와 표현 하나라도 담아 둡니다.

맛이 있었다. 음악이 좋다. 화초가 예쁘다. 집처럼 편안하다. 자주 오게 될 것 같다. 혼자 와도 되느냐는 등의 말은 피곤함을 잊게 하고 일에 대한 보람도 있습니다.

간식거리를 사 오든가, 책을 잘 보았다며 작은 선물 하나 가지고 오는 경우도 있지만, 한마디 말은 나름대로 해석하며 오래 생각하게 됩니다.

일요일 아침마다 아름다운 문구로 한 주간을 평안히 보내라는 문자가 옵니다. 수첩을 뒤져도 아는 번호가 아니기에 지나치면서도 궁금했습니다. 무응답이 답답하였는지 이름을 밝히는 날, 단골손님인 것을 알았습니다.

어떤 의도인지 깊이 생각하지 않고 좋은 감정으로 해석하면 그뿐입니다. 내 안의 기억에서 아름다운 흔적을 만드는 것은 내 몫입니다. 이해타산으로 시달리다 남은 상처, 서운한 마음이 생겨 답답하게 가두어 놓은 앙금의 흔적은 이제 다 털어 버릴 만한 나이가 되었으니 참 평안의 모습으로 사는 것이 마땅합니다.

새로운 사람을 만나고 헤어짐에 부담이 없는 이 장소에서 아름답지 못한 어떤 풍경도 다 끌어안을 수 있습니다. 단골이었다가 끊어진 사람이나 한번 왔다갔을 뿐인데 오래도록 기억에 남는 이들을 생각하며 몇 마디의 메모라도 남깁니다.

천년이 흘러도 변하지 않는 종이 위에 아름다움으로 승화
시키는 이야기를 적어 갈 것입니다. 그것이 또한 나의 흔적이
되어 이 땅에 왔다 간 흔적이 될 것입니다.

흔적으로 남았다가 보이지 않는 흔적으로 없어질지라도.

참삶 · 참사람의 도(道)
—『날마다 떠나는 여행』에 대하여

김대규(시인)

이 『날마다 떠나는 여행』은 『디딤돌』(2005)에 이은 이지수의 두 번째 수필집이다. 근 10년 만이니 주변의 기대를 끌게 한다.

윤재천 교수는 첫 수필집 『디딤돌』의 평설을 "작가가 작품을 통해 궁극적으로 말하려고 하는 것은 윤리적으로 건강한 삶이며, 그의 대가로 얻어지는 오염되지 않은 행복이다. 작가는 지금도 의미 있는 배회를 계속하고 있다."는 말로 시작한다. 이지수의 수필을 몇 편만이라도 읽어 본 사람이라면 이 말에 선뜻 공감할 것이다.

그러니까 이 『날마다 떠나는 여행』은 지난 9년간 지속해 온 그 '의미 있는 배회'의 결실이라고 할 수 있겠다.

이 『날마다 떠나는 여행』의 원고들을 일별하면서 먼저 시선을 끈 것은 그 작품들의 길이가 짧다는 것이다. 이 형식의 단조화는 이지수의 삶과 사람을 대하는 심성이 '마음공부'를 통해 정화되어 있다는 사실과 무관하지 않다고 생각한다.

이러한 인성의 발원으로 이지수의 수필은 문학적 기교보다 참된 삶을 지향하는 주제의식이 돋보인다. 여기에는 종교인으로서의 자아실현 염원도 후광으로 작용하고 있다.

이 수필집의 주제인 참된 삶, 참된 인간상을 위한 고뇌는 이지수의 인생 체험이 가져다 준 교훈의 소산이다.

오랜 세월 톱니바퀴처럼 살면서 깨닫는 것은 젊은 날 쌓아 놓았던 떫은맛이 숙성하여 황혼 녘에는 단맛이 난다는 것입니다.

_「서로 다름을 즐기기」에서

어느새 노인 문제에 관심이 가는 나이가 되었습니다. 상상만 하던 일이 눈앞의 현실로 다가와서 삶보다 중요한 죽음의 문 앞에서 끝없이 외롭고 고통스럽다면, 어떤 마음가짐으로 그 문을 향하여 당당하게 걸어 나갈 수 있을까요.

삶의 순간마다 꿈꾸던 일이 현실로 이루어지지 않더라도, 아주 작은 소망 하나에 만족하는 마음공부가 필요한 때입니다.

_「파지 줍는 노인」에서

이지수의 참 삶을 위한 소망의 축은 '마음가짐', 곧 '마음공부'이다. 이 마음공부의 과정에서 이지수는 "나이가 들어가는 것은 세상의 욕망을 하나씩 내려놓는 과정입니다.", "살아오면서 후회되는 일은 몸이 아픈 사람에게 자주 찾아가지 못한 일입니다.", "이 땅에 사는 동안 바람이 있다면 늙은 몸이 누군가에게 짐이 되지 않도록 건강하게 사는 일이요, 부담스러워 피해 가는 사람이 아니라, 무언가 푸근한 가슴으로 누구라도 품을 수 있는 노인이 되는 일입니다.", "마무리를 준비하는 것도 생각하기 나름으로 복되고 아름다운 일일 것입니다."(이상 「남은 내 생애의 시간표」에서 인용)와 같은 상념들을 얻게 된다.

흐트러진 삶의 태엽을 감기 위해서는 여행만한 것이 없습니다.

_「희생과 배려」에서

날마다 여행을 꿈꾸며 삽니다.

_「날마다 떠나는 여행」에서

이지수의 여행에 대한 예찬은 남다르다. 여행은 인생 수련의 한 방편이요, 자아 인식의 호기인 때문이다. 이를 위해 이지수가 선호한 것이 '나만의 호젓한 여행 비법'인 '독서'의 생활화이다. 때문에 이지수는 날마다 여행을 떠날 수 있는 것이다.

삶의 좁은 테두리 안에서 떠나는 여행은 언제나 넓고 새로운 세상을 만나게 됩니다. 그 여행이란 독서 시간입니다. 친구가 많은 것도 아니고, 이름 붙여진 각종 모임이 숱하게 많은 것도 아니지만, 늘 나를 향해 손짓하는 이가 있어 외롭지 않습니다. 청소를 끝낸 후 차 한잔과 시작하는 이 시간은 세상의 어떤 즐거움과 비할 수 없습니다. 무엇보다 여행을 통하여 만난 인연은 누구보다 소중하여 변함없는 관계로 지속됩니다. 책을 보다가 좋은 글귀가 있으면 곧바로 문자를 보내게 되는 친구가 있고, 어떤 대목은 누군가에게 적절하게 적용될 것 같아 따로 모아 두기도 합니다.

_「날마다 떠나는 여행」에서

독서 여행을 위해 이지수가 조성한 각별한 생활환경이 있다. "음식을 만들어 누군가에게 대접하고, 청결한 공간에서 차를 마시며 책을 맘껏 볼 수 있는 북 카페를 차린 것"(「마무리의 시작」)이다.

이지수는 "하루 일과 중, 좋은 시간을 꼽으라면 손님이 뜸한 날 구석 자리에 편안히 앉아 책을 보는 시간입니다." (「책이 있는 카페」)라고 말한다.

이지수의 카페 운영에는 또 다른 의미가 있다.

음식을 만들다 보면 천연의 색깔이나 생김새에 반해 버릴 때가 많습니다. 재료의 특성에 따라 칼질을 달리하고, 그만의 색깔을 유지시키려 애씁니다. 그릇을 골라 음식을 담다 보면, 날마다 하는 일이지만 작은 변화에도 기분이 좋아집니다. 부엌일을 예술 작업하듯 하면 힘든 것은 금세 잊습니다.

_「부엌의 시」에서

이지수는 요리를 예술화시킨다. 수필가다운 발상이다. 그 요리의 예술화를 통해서 이지수는 "남들이 다 귀찮아하는 부엌일을 하면서 아직은 싫지 않은 것에 대한 감사, 일할 수 있는 건강에 대한 감사, 신기할 정도로 많은 식재료를 가꾸어 내게 보내 준 이들의 수고에 감사, 때에 맞는 빛과 비와 바람을 공급하는 창조주에 대한 감사가 있기에, 가족의 식사까지도 귀찮아하는 일상에서 알지 못하는 많은 사람에게 음식을 손수 만들어 대접하는 일이 특별한 일이라고 여깁니다."(「부엌의 시」)라고 그 의미를 부각시킨다.

위의 '감사' 단락은 종교적 후광이 가장 밝은 대목이기도 한데, 이지수는 그런 관점에서 "우리 가게에 오시는 분들은 하나님이 나에게 보내 주신 소중한 손님이라 여기고 최선을 다하며 사는 것"(「특별한 인연」)이라고 토로하면서, 독서 여행자답게 "책장 근처를 서성이는 손님을 바라보는 것만으로도 행복합니다."(「날마다 떠나는 여행」)라고 흐뭇해한다.

우리는 살아가면서 순간순간 행복을 맛보며 살아갑니다. 그것은 누군가의 희생과 배려가 없이는 가질 수 없는 축복입니다. 내 불행도 누군가에게 행복을 주기 위한 간접적인 이유가 된다면 그것도 행복이지 않을까요.

_「희생과 배려」에서

이지수의 인생 행복은 '희생과 배려'의 소산이다. 그러니까 그 희생과 배려는 '참삶·참사람'의 본질인 것이다. 더구나 자신의 불행이 타인에게 행복을 제공한다면 그것도 행복이지 않겠느냐는 이지수의 반문에 우리는 그저 입을 다물 수밖에 없다.

이지수는 항상 미소 짓는 얼굴에, 고운 심성, 맑은 영혼의 소유자이다. 따라서 이 단상 위주의 에세이들은 그 영혼의 고백이자 지문이기도 한 것이다.

나는 언제나 '글·사람·삶'이 삼위일체로 아우러진 문인을 가장 이상적인 작가로 기린다. 그리고 이 『날마다 떠나는 여행』의 저자가 그런 문인상을 보여 주고 있음을 강조하고 싶다.